개정판

철 따라 마중하는 텃밭

텃밭운영 ▪ 작물재배관리 ▪ 도시농업 ▪ 농사지도

개정판

철 따라 마중하는 텃밭

텃밭운영 ▪ 작물재배관리 ▪ 도시농업 ▪ 농사지도

통소농부 정혁기 지음

책을 펴내며

짬을 내 텃밭을 땀 흘려 일구고, 직접 가꾼 정성이 담긴 식재료를 수확하여 생활에 이용하고, 남고 모자란 것을 이웃과 서로 주고 나누기도 하며, 동식물을 대하며 새삼 생명과 환경, 자연 순환의 가치와 생태계의 소중함을 느끼는 농업활동이 자리 잡아가고 있다.

이 책은 필자가 '귀농귀촌', '도시농업기획실무', '도시농업과 조경', '도시농업전문가' 등의 과정으로 지금까지 직업전문학교, 평생교육원, 지역자활센터, 향림도시농업체험원, 도시농업지원센터 등에서 학습, 실습, 체험 교육을 직접 진행하면서 겪고 느낀 내용이 바탕이 되었다. 농업은 시민의 참여가 활발해지면서 생활의 한 부분이 되어가고 있다. 도시에 살면서 주말농장, 시민농원, 옥상, 베란다, 실내 등을 이용한 텃밭 가꾸기나 원예활동은 시민의 자격증이 되었고 이를 모르면 뒤떨어진 취급을 받는다는 우스개 말도 한다. 농사를 대하는 사람들의 태도와 시선에 큰 변화가 일어난 것이다.

지난 수년간 농사농업 교육을 하며 어려운 점은 도시라는 제한된 부적합한 환경이 아니었다. 그보다 폭넓은 분야에 걸쳐있는 농업의 영역을 생활 속으로 이끌어 들이고 제한된 시간과 공간 속에서 무엇을 어떻게 전달할 것인가의 문제였다.

이책은 텃밭재배, 주말농장, 스쿨팜 등 영농활동을 하거나 지도하고, 귀촌·귀향 같은 시골살이를 하려는 사람의 필요와 요구에 맞춰 쓰여졌다. 하지만 농업의 분야가 넓고 재배품목이 다양하며 자연환경과 지역 또한 각양각색이어서 필요와 요구를 충족시키는 것은 쉬운 일이 아닐 것이다. 물길과 땅이 다르고 지역의 높낮이와 기온, 햇빛이 다른데다 이 말고도 농사에는 그 외의 변수가 많다. 참고가 되기 바란다.

농업은 식재료를 생산하는 본원적인 가치를 넘어서서 생태계 이해, 생명, 공동체적 협동과 나눔, 노동과 심신 치유, 문화, 교육 등 다양한 부가적인 가치를 지니고 있다. 농업 활동을 통해서 얻는 사회문화적 혜택이 크다. 또한 세계적 차원에서도 농업은 굳건히 토대를 지켜야 하는 경제사회적 합의의 영역이었다. 대부분의 선진국들이 식량자급률을 높여가고 개방과 교역 자유화를 외치면서도 농업에서는 협상에서 물러서지 않는다. 해가 갈수록 농업기반이 피폐해지고 있는 우리의 상황과 반대다.

이 책은 4부분으로 구성했다. 되도록 실제적으로 이용할 수 있는 내용을 실으려고 노력했다. 1부는 씨뿌리기, 심기, 재배관리, 수확에 이르는 농사일을 자연스럽게 이해할 수 있도록 봄 여름 가을 겨울 사시사철 계절 흐름을 따랐다. 아울러서 고추, 배추, 감자, 마늘 같은 해당 계절을 대표하고 농사를 시작하게 되면 일반적으로 재배하는 작물을 골라 〈실전재배〉로 배치하여 소개했다. 2부에서는 꼭 알아두어야 할 기본적인 농사 지식에 대해 설명했다. 영농활동의 목적과 성과를 달성하기 위해서는 토양, 수분, 햇빛 등 재배환경에 대한 이해와 비료, 퇴비, 액비, 농약 등 농자재의 이용은 필수적이다. 3부는 옥상, 베란다, 비닐하우스 같은 인공환경에서의 식물재배에 대해 설명하였다. 마지막으로 4부에는 농업과 연관된 5가지 주제를 골라 실었다. 도시 농업, 식품안전, 기후변화, 동물 전염병, 식량안보 문제다. 농업과 생활에 밀접히 관련된 주제들이다.

이 책의 내용은 앞선 사람들의 덕분이다. 농사라는 것이 기본적으로는 오랜 시간에 걸쳐 지구상에서 인류가 이루어낸 경험과 지혜의 축적이기 때문이다. 농사를 가까이하려는 사람들에게 이 책이 도움이 되기를 바란다.

차 례

책을 펴내며 ·· 5

1장 : 농부의 사철가 ······························· 11

1. 절기와 봄 ··· 12
    씨앗 · 16   밭 만들기 · 18
    싹틔우기 · 25   농사의 시작 씨뿌림 · 27
2. 여름 ··· 44
    바로심기 · 49   밭 재배관리 · 50
    잡초 · 65   비닐의 이용 · 68
    벼농사 · 71   농업의 기원과 소로리 볍씨 · 77
    농부가 · 80
3. 가을 - 겨울 ···································· 84
    가을농사 · 84   수확과 관리 · 90
    농가월령가 · 94

〈재배실전〉
    고추 · 30   감자 · 38   상추 · 41
    콩 · 46   토마토 · 58   호박 · 61
    수박 · 64   배추 · 85   무 · 88
    마늘 · 91   양파 · 93   보리 · 98
    작물의 씨뿌림과 바로심기 시기 · 101

2장 : 농사기술 ·· 103
작부계획 세우기 · 105   재배작물의 종류와 이용 · 107
돌려짓기와 작부체계 · 109   재배환경 · 111
토양과 토양검사법 · 114   작물 생육에 필요한 원소 · 117
식물병 · 121   작물의 충해 · 129
농약 · 138   친환경 약제의 이용 · 143
퇴비 만들기 · 149   액비 만들기 · 154

3장 : 인공 환경에서의 영농 ································· 160
옥상 텃밭 · 161   베란다 · 발코니 · 170
육묘장 만들기와 모기르기 · 176 꿀벌 기르기 · 183

4장 : 사회와 농업 ··· 185
도시농업 · 186
식품안전 · 191
기후변화와 석유농업 · 200
가축 전염병 · 204
농가인구와 식량안보 · 212
발효 · 217

1장

농부의 사철가

1. 절기와 복

씨 뿌리고 심고 가꿔 수확하는 농사일이 알고 보면 때를 아는 것이다. 땅과 하늘과 햇빛과 바람의 철을 느끼는 것이다. 봄에는 아지랑이로, 여름에는 가뭄과 녹음으로, 가을에는 여물고 물들며, 겨울에는 한천, 삭풍으로 왔다가는 철을 아는 것이다. 자연현상의 변화가 끝이 없고 또 시작도 없이 이어지니 그 변화를 스물네 마디로 삼아 가고 오는 철을 나타내 보여주니 바로 '24절기'다.

24절기는 지구가 23.5도 기우뚱 기울어져 태양을 도는 1년을 24 간격으로 나누어 한 달에 2개씩, 계절별로 6개씩 자리했다.[1] 절기가 음력에 연관이 되어있는 것으로 생각하는 사람도 많은데 절기는 지구와 태양의 운동에 따른 것이어서 태양력이 기반이다.

빈 마당 가운데 막대기를 땅에 똑바로 꽂고 해 그림자의 길이를 잰다면, 그림자가 가장 짧은 날이 하지(夏至)요 가장 긴 날이

---

[1] 봄 : 입춘, 우수, 경칩, 춘분, 청명, 곡우.
　여름 : 입하, 소만, 망종, 하지, 소서, 대서.
　가을 : 입추, 처서, 백로, 추분, 한로, 상강.
　겨울 : 입동, 소설, 대설, 동지, 소한, 대한.

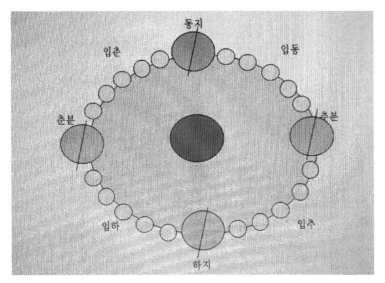

동지(冬至)다. 밤낮 길이가 같은 날로 춘분, 추분이 있고 입춘, 입하, 입추, 입동의 춘하추동 시작이 있고, 소서·대서, 소설·대설, 소한·대한 등 크고 작음이 있다. 태양의 운행에 맞춰 매달 2개씩의 절기가 순행한다.

이 책은 24절기를 기초로 하여 사계절로 나누었다. 첫 번째 계절인 봄은 입춘부터 입하 전인 곡우까지를 삼았으니 2월 초부터 5월 상순에 해당하는 철이다. 흐르는 철을 나눈다 하여 시간의 흐름을 칼로 자르듯 할 수는 없는 일이다. 잘라질 리도 없지만 오고가는 것이 서로 겹치기 때문이다.

봄이 기운 때가 초여름이고 여름 중에 가을이 자라고 가을 속에 겨울 있고 겨울 얼음장 아래에서 봄이 시작된다. 때로는 절기에 따른 계절은 감각적으로는 때가 아직 이른 것으로 느껴진다. 예컨대 5월 초중순이면 여름철이라기보다 아직 봄이라 해도

뭐라 탓할 것인가. 그러나 2월 초중순에 아직 찬바람이 여전하더라도 언 땅은 녹기 시작하고 바람에는 동남풍의 온기가 스며있어서 바야흐로 봄이 시작된다.

봄

입춘(立春)	2월4일경	봄이 시작된다
우수(雨水)	2월19일경	봄비가 내린다
경칩(驚蟄)	3월6일경	개구리가 잠에서 깨어난다
춘분(春分)	3월21일경	낮이 길어지기 시작한다
청명(淸明)	4월6일경	맑고 밝은 봄기운이 차며 본격적인 농사철이 시작된다
곡우(穀雨)	4월20일경	농사에 알맞게 비가 내린다

봄. 여름. 가을. 겨울. 지구에서 벌어지는 4계. 그 시작은 봄이다. 봄의 시작은 언제일까.[2] 봄이 동지(冬至)로부터 시작된다고 생각하는 사람도 있다. 대설과 소한 사이의 절기인 동지는 겨울밤이 가장 긴 날로 글자 뜻대로 겨울이 마지막에 이르러 멈춰선 날이다. 이날부터 해가 조금씩 일찍 뜨며 한발한발 낮이 길어지는 때인 만큼 전환의 때인 것이다. 그래서 실제로 지구 운동의 반환점인 동지를 새해의 시작으로 삼는 고대국가들도 있었다. 우리도 동지를 '작은 설날'이라고 불렀다.

혹자는 봄이라 하는 것은 흙속에서 잠자던 씨가 싹 터 오르는 것이 '보이고' 이를 '본다' 하여 '봄'이라 한다고 한다. 봄에는 보이는 것이 식물뿐만 아니다. 흙에서 겨우내 잠자던 벌레들이 꿈틀대기 시작하고 뻘 속에 몸을 웅크린 물고기가 나와 얼음장

---

2) 기온으로는 하루 평균기온이 5℃가 되면 봄으로 하여 3월10일 경에 해당된다고 한다.

밑 찬 개울을 돌아다니기 시작하고 새들도 겨울 동안 숨어 움츠렸던 날개를 퍼덕이며 날갯짓으로 비상하며 때를 맞이한다.

절기상으로는 입춘(立春)을 새해 시작으로 삼는다. 2월 초에 해당하는 이때는 철이 여전히 겨울이지만 바람에 실려오는 봄을 느낄 수 있다. 예전에는 집 대문에 '입춘대길 건양다경(立春大吉 建陽多慶)' 입춘축(立春祝)을 써붙이고 새해를 축하하고 풍년과 복을 기원했다. 이 무렵은 명절인 설날, 정월 대보름이 함께 있어 가족, 친지, 우인들과 오는 봄을 반기는 철이었다.

봄의 절기는 이 입춘을 시작으로 우수, 경칩, 춘분, 청명, 곡우로 점차 전개하며 2,3,4,5월로 펼쳐진다. 봄비 내리는 우수, 개구리가 겨울잠에서 깨어난다는 경칩, 낮이 밤보다 길어지는 때인 춘분, 맑고 밝은 봄기운이 차는 청명과 농사에 알맞은 비가 내리는 곡우이니 농사가 시작되는 중요한 시기임에 틀림없다.

농촌에서 봄은 양지바른 논둑 밭둑에서 보이기 시작한다. 냉이, 꽃다지, 망초 등이 춘삼월 언 땅에서 자라 오르면 밭 갈고 씨뿌릴 때가 가까워졌음을 안다. 봄 농사가 시작된다. 농사를 가까이할 사람은 이 오는 봄을 놓쳐서는 안 된다. 봄 농사가 절반 이상이나. 봄이 새해의 시삭이고 절기의 시작이며 농사살림의

근본 시기라면 이때를 놓치고서 농사할 수 없을 것이다.

최근의 농사는 온실, 비닐하우스 같은 시설재배가 발달하여 농부에게 봄은 더 일찍 시작된다. 이른 작목은 소한 지나면 씨 뿌림이 시작되고 많은 품목들이 갈수록 시기가 앞당겨진다. 도시에서도 대부분 모종을 심고 있어서 철이 그만큼 빨라졌다. 농부에게 이제 겨울이 없다는 말도 있다. 철이 없어졌다. 철을 한자로는 '싹틀 철(屮)'이라고 쓰고 얼어붙은 땅에서 새싹이 돋은 모양을 나타낸 상형문자인 것을 생각해 보면, 철이란 때이고 철이 없어졌다는 말은 때가 없어졌다는 말일 테다.

농사에도 철없는 시절이 되었다. 농산물을 다른 생산자보다 조금이라도 빨리 시장에 내야 받을 가격도 좋을 것이어서 조기 출하 경쟁을 하다 보니 철없이 농사를 짓게 되었다. 5~6월이 제철인 딸기를 연중 먹게 되니 1년 내내 딸기 농사를 짓고 고추, 토마토, 오이, 깻잎, 배추 등 역시 연중 나오니 쉴 때가 없게 되었다. '철들다', '철없다', '철부지' 같은 말들이 다 여기에 연관된 말들이다. 하지만 여전히 철은 있다. 도시에서 일에 파묻혀 살다보면 시간이 어떻게 흘러가는 줄 모르지만 들길, 산길, 언덕, 냇가, 달밤, 별밤을 보고 자연을 따라가야 하는 농사에는 철이 살아있다. 농사를 한다는 것은 철을 알고 철따라 가는 것이다. 철드는 일이다.

(1) 씨앗(종자)

봄 농사일의 시작은 씨 뿌리는 일이니 씨앗을 준비하는 일이 첫 번째 일머리다. 씨앗을 준비하는 것은 재배작물을 정한다는 말과 같은 말이다. '농부아사침궐종자(農夫餓死枕厥種子)'라는 말이 있다. "농부는 굶어 죽더라도 그 종자를 베고 죽는다"는 말로 농부가 그만큼 씨앗을 소중히 여긴다는 뜻이다. 그러나 지금은 농민도 거의 종묘상에서 씨앗을 사거나 보급소에서 받아서 심는다. '종자종속, 종자지배'라는 말이 회자될 만큼 씨앗의 위상이 세계적으로 높아졌는데, 이제 사정이 바뀌어 농민보다 세계 다국적 기업이 씨앗의 가치와 중요성을 평가하는 세상이 되고 말았다.

채종된 씨앗은 잘 골라 써야 한다. 되도록 묵은 씨앗보다 전년 생산된 씨앗이 좋다. 1차로 눈과 손으로 크기, 무게, 색깔 등을 살펴 크고 충실하며 때깔이 좋은 씨앗을 가려낸다. 씨앗은 크고 작고 둥글거나 길쭉하거나 갸름한 모양으로 씨앗마다 모양이 가지각색이고, 흰색, 갈색, 검은색 등 다양한 색깔을 가지고 있고 외피와 껍질의 윤택과 촉감도 다양하다.

벼, 보리, 밀 같은 씨앗은 소금을 푼 물에 담가 비중을 이용하여 물 위에 뜨는 씨앗은 버리고 가라앉는 씨앗을 골라내는 방법을 사용한다. 이를 '염수선(鹽水選)'이라고 한다. 씨앗을 종묘상에서 구입해 쓸 때는 포장지 앞뒤 표시내용을 잘 살펴본다. 품종명, 종묘사, 무게, 개수, 특성, 유의사항, 재배형, 재배력, 생산년도, 포장년월, 생산지, 발아율, 유효기간, 병해충 등의 기록된 내용을 보고 확인한다.

단명종자(1~2년)	상명종자(3~5년)	장명종자(3년 이상)
콩, 땅콩, 목화, 옥수수, 메밀, 강낭콩, 상추, 양파	벼, 밀, 보리, 완두, 유채, 배추, 양배추, 호박, 우엉	클로버, 알팔파, 사탕무, 토마토, 가지, 수박

씨앗은 수명이 있다. 씨앗의 수명이란 '발아력을 보유하고 있는 기간'을 말하는데 단명, 상명, 장명 씨앗으로 분류할 수 있다. 현실적으로는 최근에 채종된 씨앗을 사용하고 시장이나 회사로부터 구입한 경우 생산년도를 반드시 확인하도록 한다.

(2) 밭 만들기

재배작물을 정하고 밭을 준비한다. 밭은 시간 여유를 두고 작업하는 것이 좋다. 특히 봄 날씨는 비 내리고 눈 오고 바람 불고, 가뭄과 이상저온 등 변화무쌍해서 생각했던 계획과 일정이 흐트러지는 일이 자주 발생한다.

작업은 밭 주변 수로를 정비하는 일이 먼저다. 밭은 물 빠짐이 잘 되는 것이 중요하고 본격적인 봄철에 들어가면 일이 바쁘기 때문에 시간 여유가 있을 때 미리 해 놓는 것이 좋다. 작년에 무성히 자라 올라 물흐름을 방해하는 풀더미와 빗물에 흘러온 토사를 치워 물길을 시원하게 정비한다. 아울러 작년에 일궈 먹은 밭은 비닐, 잡초 등 농사에 걸림이 되는 것도 모두 제거한다. 예전에는 밭과 둑에 불을 놓곤 했는데 지금은 봄철 산불예방으로 엄격히 통제하고 있어서 불을 놓고자 할 때는 면사무소나 해당기관에 신고하고 실시해야 한다.

1) 밑거름 뿌리기

올해 경작할 토양은 작년의 작물 재배로 토양 내 영양분이 소진되고 토양이 지닌 성질이 변화했을 것이기 때문에 작물 재배에 알맞은 토양으로 개량하거나 조정해주어야 한다. 그 방법은 경작에 들어가기 전 밭을 만들 때 밑거름을 살포하는 것이 첫째 일이다. 밑거름으로는 석회와 퇴비, 비료를 사용하게 되는데 거름 주는 양을 결정하는 방법은 두 가지가 있다.

첫째 방법은 농업기술센터 등 관련 기관에 의뢰하여 토양의 상태와 성질을 알아보는 일이다. 토양을 채취해서 보내면 토양의 산성도(pH), 유기물 함량, 전기전도도 등을 검사분석한 '시비처방서'를 보내준다. 여기에는 재배하고자 하는 작목에 알맞은 석회와 퇴비 그리고 질소, 인, 칼리, 칼슘, 고토(마그네슘), 붕소 같은 비료의 양이 처방되어있다. 가장 좋은 방법이다. 무료로 해 준다.

두 번째는 '표준시비량'을 참고하는 방법이다. 주요 재배작물들은 10a(300평)당 투여되어야 할 석회, 퇴비, 질소, 인산, 칼리, 칼슘, 마그네슘, 유기물 등에 대해 표준량이 제시되어 있다. 이를 참고로 하여 토양의 땅심 등 상태, 품종 등을 고려하여 양을 가감하여 뿌려준다.[3]

토양산도를 조정해주는 농자재는 석회다. 석회는 산성토양의 중화제로 사용하는 비료로써 칼슘이 주성분이다. 토양에서의 석회의 역할은 산성토양에서 생기기 쉬운 망간의 활성화, 마그네슘, 인산의 불용화를 방지하며 유익한 토양 미생물의 활동을 촉진시켜 토양의 입단구조를 양호하게 하여 토양의 이화학성을 개량하는 효과가 크다. 그러나 석회질 비료가 지나치면 토양 pH의 상승으로 마그네슘, 철, 아연, 코발트, 붕소 등의 흡수가 억제된

---

[3] 퇴비로 가축분 퇴비를 이용할 때는 우분 톱밥퇴비는 볏짚 퇴구비와 동일량, 돈분 톱밥퇴비는 22%, 계분 톱밥퇴비는 17% 해당량을 주며 토양 양분 축적 정도에 따라 조절해준다.

다. 밑거름 살포 양은 150~200kg/300평 정도가 권장량이지만 토양산도(pH) 검사를 실시하여 1개월 전에 적정량을 뿌리는 것이 좋은 방법이다.

■ 석회
석회에는 다음과 같은 몇 가지가 있다.
- 석회석($CaCO_3$) : 탄산칼슘($CaCO_3$)이 주성분인 암석으로, 퇴적암이며, 동·식물의 뼈가 퇴적되어 형성되었다. 석회석은 시멘트의 주원료이며, 석회석의 변성암인 대리석은 건축 재료로 널리 이용된다. 일반적으로 분말로 만들어 공급되고 있다.
- 생석회(CaO) : 석회석 가열하여 이산화탄소 휘발하여 만든다. 물을 가하면 발열한다.
- 소석회($Ca(OH)_2$) : 생석회에 물을 가하여 소화시킨 것.
- 석회고토 : 석회석에 마그네슘을 보완한 것($CaCO_3 + MgCO_3$).

퇴비는 작물을 심기 약 3주 전에 뿌려준다. 이 역시 석회처럼 토양검사를 하여 적정량 뿌리는 것이 좋다. 시기로는 3월 하순 ~4월 상순 무렵이다.

밭에는 퇴비를 자주 사용하게 되는데 퇴비에는 몇 가지 종류가 있다. 먼저 일반퇴비와 친환경퇴비로 나눌 수 있고, 가장 많이 사용하는 퇴비는 볏짚퇴비와 소, 돼지, 닭 등의 배설물을 이용해 제조한 축분퇴비이며, 이외에도 깻묵, 쌀겨, 톱밥 등 부산물을 이용한 퇴비도 있다.

비료를 밑거름으로 사용할 때는 효과가 빠르기 때문에 5~7일 전에 주도록 하고 주의할 점은 질소와 석회는 같이 뿌리지 않도록 한다. 질소-인산-가리(N-P-K)의 3요소는 요소, 용성인비, 염화칼리 같은 비료로 공급해주게 되는데 적정량을 환산해

주어야 한다.4) 이외의 칼슘, 마그네슘, 망간, 붕소, 규소 (Ca,Mg,Mn,B,Si) 등의 비료도 토양의 상태에 따라 적정량을 주도록 한다. 친환경 무농약, 유기농업 재배의 경우는 비료를 소량 사용하거나 또는 사용하지 않기 때문에 토양의 상태에 따라 퇴비와 유기물을 충분히 공급해주어야 한다.

2) 밭갈기(경운)와 흙부수기(쇄토, 로터리)

---

4) 거름량 환산 : 요소에는 질소(N)가 46%, 용성인비와 과린산석회에는 인(P)이 각각 20%와 16%, 염화칼리에는 칼리(K)가 60% 포함되어 있다. 따라서 요소, 용성인비, 염화칼리를 10kg 준다면 질소 4.6kg, 인 2kg, 칼리 6kg를 투입한 셈이다. 바꾸어서 질소질 비료 20kg을 요소로 주려면, 20kg/0.46로 환산하여 요소 44kg을 , 인산질 비료 20kg을 용성인비로 주려면, 20kg/0.2로 환산하여 용성인비 100kg을, 칼리질 비료 20kg을 염화칼리로 주려면, 20kg/0.6로 환산하여 염화칼리 32kg을 주면 된다. 또 복합비료에는 포대에 21-17-17 라고 표기되어 있다면 20kg 중에 질소가 21%, 인산이 17%, 칼리가 17% 포함되어 있다는 의미로써 이를 가각 무게로 환산하면 질소 4.1kg, 인산 3.4kg, 칼리 3.4kg가 된다.

석회와 퇴비 등 밑거름을 뿌리고 밭 갈기에 들어가게 되는데 미리 적당한 수분을 함유하도록 감을 잡아 작업해야 한다. 너무 건조하면 수일 전 충분히 물이 땅속까지 스며들도록 해주고 비가 왔거나 수분이 많을 때에는 적당히 마른 후 밭을 갈아야 한다. 봄날이 변덕이 심해 날씨를 고려해야만 한다.

밭을 갈아주는 가장 주된 이유는 뿌려준 퇴비, 비료 등이 흙과 잘 섞이게 해주고, 토양의 물리성과 화학적 성질을 개선해 예컨대 공기가 잘 통하게 해주어 작물이 뿌리를 잘 내리게 해준다. 뿌리를 이용하는 감자, 무 같은 작목을 재배할 경우에는 겉흙을 더 깊게 갈아주는 것이 성장 발육에 도움이 된다. 밭을 갈면 잡초를 제거해 주고 해충을 경감시키는 효과도 있다. 밭 갈기는 면적이 넓으면 트랙터의 이용이 일반적이며 경운기나 관리기로도 작업한다. 밭을 갈고 난 후 흙을 충분히 건조시키면 '흙말림(건토)효과'라고 하여 유기물이 분해되어 작물에 비료분의 공급이 많아지는 효과가 있다. 밭을 갈고 나면 되도록 비를 맞히지 않는다. 애써서 곱게 흙부수기 한 밭이 비를 맞으면 흙이 다시 주저앉아 다져지고 심하면 떡판이 되어버려 다음 작업이 지연되어 안 하니만 못하게 되고 철을 놓치게 된다.

3) 이랑 만들기(作畦法)

이랑은 작물을 심는 두둑과 물이 빠지고 사람이 통행할 수 있는 고랑(골)을 합해 일컫는 말이다. 이랑을 만드는 이유는 통행로를 확보하는 것도 있지만 그보다는 물 빠짐을 좋게 하기 위해서이며 경사지거나 산 아래인 경우에는 특히 장마와 홍수를 대비해 피해를 입지 않도록 주의를 기울여 작업해야 한다. 이랑은 토양 내 공기, 지온, 작토층의 관리 등에도 이롭다.

종류에는 평이랑, 골이랑이 있다. 골이랑이 물 빠짐이 좋다. 이랑의 방향은 동서 혹은 남북방향으로 할 수 있다. 두둑을 만들 때 수분이 많으면 높이고 수분이 적으면 두둑을 낮추어 주는 것도 작업요령이다. 작업은 면적이 늘어나면 경운기나 트랙터를 이용하며 이랑을 만든 후 바닥덮기 작업으로 들어간다.

4) 바닥덮기(멀칭)

바닥덮기는 비닐, 볏짚, 종이, 왕겨 등을 이용해 토양 겉흙을 덮어주는 일이다. 보온, 보습, 토양보호, 잡초방제 등 이점이 있어서 널리 활용되어 왔으며 지금은 풀매는 노동을 줄여주는 잡초방제 효과가 우선순위가 된 것 같다. 바닥덮기는 이외에도 생육

촉진, 가뭄과 추위피해 경감, 과실의 품질향상에도 효과가 있기 때문에 광범위하게 이용되는 농법이며 대부분 바닥덮기 재료로 비닐을 사용하고 있다. 작업은 관리기를 이용한다. 비닐을 이용하는 경우는 목적에 맞는 비닐을 이용한다. 비닐 종류에는 검정비닐, 투명비닐, 배색비닐, 유공비닐 등이 있으며 넓이와 두께도 다양하므로 맞는 것을 선택한다.

5) 물대기(관수)

밭은 노지와 시설하우스로 대별되는데 최근에는 작물재배에 유리한 재배환경을 조성하여 작업 효율과 상품성을 향상시키기 위한 단순한 물탱크로부터 자동급수시설에 이르기까지 여러 가지 관수 시설을 하는 경우가 많아졌다.

방법으로는 점적관수5), 살수, 자동급수, 지중관수, 저면관수, 심지관수 등의 방법이 있고 가뭄 같은 자연재해를 대비해야 한다. 이외에도 실내외 옥상이나 베란다, 건물을 이용하는 경우, 또 수경재배, 벽면녹화, 식물공장 같은 경우에는 관수를 어떻게 해결하느냐에 따라 전문적 설계와 시공이 필요하게 된다.

---

5) 점적관수(點滴灌水) : 미세한 구멍이 뚫린 긴 관을 땅속에 얕게 묻거나 땅 위로 늘여서 물이 방울 형태로 천천히 작물에 물이 공급되는 방식을 말한다.

(3) 싹틔우기

종묘상에서 구입한 포장된 씨앗은 살균·소독 처리가 되어있고 코팅이 되어있는 경우가 많다. 따라서 별도로 살균·소독할 필요가 없지만 자가채종한 씨앗 같은 경우에는 소독살균 과정을 거쳐야 병충해를 막을 수 있다. 볍씨, 밀, 보리 같은 곡류와 감자, 마늘, 생강 같은 등은 무균 씨앗이 아닌 경우에는 살균 소독을 해야 한다. 방법은 화학적 소독, 물리적 소독, 열처리, 기피제 처리 방법 등이 있다.

- 화학적 소독 : 침지 소독, 분의 소독
  물리적 소독 : 냉수온탕침법, 온탕침법
  건열처리 : 60~80℃에서 1~7일간 처리
  기피제 : 목초액

씨앗은 씨뿌림 전에 싹을 잘 틔우기 위해 일정한 시간 동안 물에 담가 싹트기에 필요한 수분을 흡수시키는 일을 하는 경우가 많다. 이를 '씨담그기(침종)'이라고 한다. 예를 들면 볍씨가 싹트기에는 씨앗 무게의 30% 정도의 수분이 흡수되어야 하는데 이에 필요한 시간은 14시간 정도다. 싹트기에는 먼저 수분이 흡수되어야 한다. 벼, 맥류, 땅콩, 가지, 감자, 고구마는 싹을 내 심게 되는데 이를 '싹틔우기(催芽, germination forcing)'라고 부른다.

- 싹트기 과정 · 수분흡수 → 저장양분 분해효소 생성과 합성과

→ 저장양분 분해, 전류 및 재합성 → 배의 성장개시 → 과피(종피)의 파열 → 유모 출현

씨앗의 싹트기에는 수분 외에도 온도가 알맞고 산소가 공급되어야 한다. 햇볕의 유무는 씨앗에 따라 다르다. 싹트기 때 햇볕을 필요로 하는 씨앗은 '광발아 씨앗'라고 하며, 빛이 필요 없거나 빛에 의하여 싹트기가 억제되는 씨앗은 '암발아 씨앗'으로 구분한다. 상추는 씨뿌림 때 흙을 덮어주면 싹이 올라오지 않는 것을 알 수 있다. 광발아 씨앗이기 때문이다. 씨뿌림 때 습관적으로 흙을 덮어주게 되는데 광발아 씨앗은 싹트기에 빛을 필요로 하기때문에 깊이 심거나 두텁게 흙을 덮어주지 않아야 한다.

- 광발아 씨앗(호광성) : 상추, 쑥갓, 당근, 셀러리, 당귀, 차조기, 담배, 우엉, 겨우살이, 배추, 양배추, 딸기, 캐모마일, 스테비아 등. 미립씨앗은 대부분 광발아 씨앗이어서 씨 뿌리고 흙을 덮지 않거나 얇게 덮어준다. 야외식물의 씨앗(민들레, 바랭이, 쇠비름, 개비름, 참방동사니, 소리쟁이, 메귀리)에서 많이 볼 수 있다. 싹트기에 광을 필요로 하는 수종은 뽕나무, 진달래, 가문비나무, 무화과나무, 해송, 잣나무, 낙엽송, 낙우송, 개박달나무, 동백나무 등이다.
- 암발아 씨앗(혐광성) : 일반적으로 광발아 씨앗에 비하여 종류가 적다. 호박, 오이, 참외 등의 오이과, 가지, 무, 토마토, 파, 고추, 수박, 양파, 수세미, 광대나물, 맨드라미속, 비름속 등이다.
- 광무관 씨앗 : 옥수수 등 화곡류 대부분, 콩과작물 대부분
- 휴면 : 성숙한 씨앗의 싹트기에 필요한 모든 조건을 주어도 일정기간 동안 발아하지 않는 현상. 씨앗의 내적 혹은 외적 요인에 의해 생육이 일시적으로 정지된 상태.

■ 화학물질과 발아:

발아촉진 : 지베렐린, 시토키닌, 에틸렌, 질산염

발아억제 : 암모니아, 시안화수소(HCN), ABA

생장호르몬 : 베타-IBA, NAA, IAA 등의 옥신류를 처리하면 발근 촉진

(4) 농사 시작은 씨뿌림

농사의 시작은 씨를 골라 땅에 뿌리는 데서 시작된다. 농사 활동 중에서 가장 중요한 일이다. 도시에서 식물재배는 모종을 구해 심는 경우가 대부분이지만 직접 씨를 뿌려 재배해보길 권한다. 자신이 뿌린 씨가 싹 터 올라오는 과정을 보는 것은 정서, 체험, 교육적으로 얻는 것이 크다.

- 작물마다 다양한 씨뿌림 법이 있다는 것을 알게 된다. 씨뿌리는 방법은 씨앗 종류와 환경에 따라 다르다. 직접 씨앗을 뿌려봄으로써 그 방법을 이해하게 된다.

- 씨앗의 싹트는 과정을 알게 된다. 씨 뿌리고 나면 싹트기가 잘 되도록 관리를 해야 하는데 그 과정을 통해 씨가 어떻게 움터 오르는 지를 관찰하며 보게 된다. 씨앗마다 땅 위로 올라오는 모습이 달라 생명 현상에 대한 신비감과 감동을 느끼게 된다.

- 또한 씨뿌림을 통해 앞으로 배우게 될 밭 만들기, 육모, 토양, 재배관리 등에 대한 해설을 접함으로써 사전 선행학습의 효과를 볼 수 있다는 점도 소득이다. 학습은 1회성이 아니라 수차 반복 경험함으로써 비로소 자기 것이 될 수 있다.

- 씨뿌림은 때가 있다. 이른 봄에 심는 것, 늦봄이니 여름,

가을에 심는 것 등 씨앗마다 때가 있다. 때를 맞추어 심는 것을 제때뿌림(적기파종)이라고 말하는데 작물은 때를 잘 맞추어 심는 것이 아주 중요하다. 철을 놓치지 않으려면 씨뿌림 시기를 잘 알고 있어야 할 것이다.

- 식물 번식법은 여러 방법이 있다. 씨앗을 직접 뿌리거나 덩이뿌리를 갈라 심기도 하고, 꺾꽂이, 포기나누기, 휘묻이도 좋은 번식 방법이며 세포를 배양하는 방법도 있다.

이외에도 씨뿌림이 주는 즐거움은 더 많을텐데, 무엇보다 모종을 사서 심는 경우보다 대상 식물에 대한 관심과 배려하는 마음이 크다는 점이 될 것이다.

봄 작물 씨뿌림과 바로심기 시기

2~3월: 고추, 가지, 방울토마토, 감자 싹튀우기, 부추, 대파, 수박, 참외, 오이, 브로콜리

4월 초순: 아욱, 시금치, 얼갈이배추, 상추, 근대, 쑥갓, 치커리, 신선초

4월 중순: 당근, 콜라비, 작두콩, 열무, 생강, 잎들깨

4월 초순~5월 초순: 쑥갓, 양배추, 케일, 호박, 목화, 피마자, 도라지, 대파, 우엉

4월 중하순: 돌산갓, 청경채, 강낭콩, 토란, 방울토마토(모종)

4월 하순: 땅콩, 벼, 호박, 호박고구마

4월 하순~5월 초순: 고구마, 비트, 순무, 완두콩, 당근, 옥수수, 양배추 (고추, 가지, 오이, 참외, 수박 등 모종류), 돼지감자, 잎들깨(노지)

5월 초순: 생강, 율무, 토란, 피망, 파프리카, 흑임자, 풋콩
5월 중하순: 참깨, 들깨, 샐러리, 고구마

재배 품목의 씨뿌림 및 바로심기 시기는 품종, 위치, 기후 등에 따라 차이가 난다. 어느 때라고 딱 잘라 말하기 어렵다. 동서남북 지역에 따라 다르며 기후, 토양 등 재배환경을 고려해야 하고, 같은 작물에도 빨리되고 늦되는 여러 품종이 있다. 작물의 종류, 품종, 재배지역 및 기후, 작부체계, 토양조건, 출하기, 노동력 사정 등에 영향을 받는다. 가능한 한 제때에 씨뿌림한다. 시기는 수확량에도 영향을 미친다.

씨뿌림법은 줄뿌림, 점뿌림, 흩어뿌림 등이 있다. 씨 뿌리고 나서 흙을 덮어주는 것은 보통 씨앗 크기의 3~4배의 깊이가 적당하지만 씨앗의 종류에 따라 다를 수 있다.

■ 주요작물의 흙덮기 깊이[6]

흙덮기 깊이	작물
보이지 않을 정도	소립 목초종자, 파, 양파, 당근, 상추, 유채, 담배 등
0.5 - 1.0cm	양배추, 가지, 토마토, 고추, 배추, 오이, 순무, 차조기 등
1.5 - 2.0cm	조, 기장, 수수, 호박, 수박, 시금치, 무
2.5 - 3.0cm	보리, 밀, 호밀, 귀리, 아네모네 등
3.5 - 4.0cm	콩, 팥, 옥수수, 완두, 강낭콩, 잠두 등
5.0 - 9.0cm	감자, 토란, 생강, 크로커스, 글라디올러스 등
10cm 이상	튜립, 히야신스, 나리 등

씨뿌림은 본밭에 바로 뿌리거나 모기르는 상자에서 육묘하여

6) 〈삼고재배학원론〉, 향문사, 324쪽, 2012.

옮겨심기를 할 경우가 많다. 최근에는 육묘상이나 트레이, 포트를 이용한 육묘가 추세이다. 그러나 밭에 직파하는 경우가 있다. 무, 당근, 열무, 시금치, 아욱, 근대, 열무, 갓 등은 바로 뿌린다. 고추, 상추, 가지 등은 육묘상자에 씨 뿌려 포트에 옮겨심기하거나, 오이, 참외, 수박, 옥수수, 콩, 배추 등은 트레이나 포트에 심어 모를 기른다. 또한 상추, 쑥갓, 아욱, 개똥쑥, 바질, 민들레 같은 아주 작은 크기의 소립 씨앗은 씨가 몰려 적당한 간격으로 뿌려주기가 어렵다. 따라서 이런 소립 씨앗은 한 곳에 많이 뿌려지지 않도록 미리 모래흙을 섞어서 뿌린다. 박과식물이나 껍질이 두꺼운 씨앗은 미리 싹을 내어 뿌린다.

- 씨뿌림 양을 늘려야 하는 경우 : 품종의 생육이 왕성하지 않은 것, 한지(寒地), 땅이 척박하거나 거름량이 적을 때, 발아력이 감퇴된 것, 씨뿌림 시기가 늦어질 경우, 토양이 건조한 경우, 싹트기 전후에 병충해 발생의 우려가 큰 경우 등.
- 수입된 씨앗이거나 잘 알지 못하는 씨앗 : 재배용이 아니라 좁은 면적에 시험용으로 심어본 후 면적을 확대한다.

〈재배실전 1〉

고추

가지과 식물로 열대 남아메리카가 원산지이며 기원전부터 재배했다. 본래 여러해살이식물이나 우리나라에서는 겨울을 나지 못하기 때문에 한해살이 작물로 재배한다. 전래된 지 약 5백여 년의 재배역사를 갖고 있다. 4대 채소(배추,무,고추,마늘)의 하나이며, 채소 중 가장 많은 재배면적을 차지하고 있는 농민의 중요한 환금성 작물이다.

고추는 비타민C와 매운맛을 내는 캡사이신, 붉은 색소, 불포화지방산(고추씨 23~29% 함유) 등 약리적 유효성분이 함유된 유용하고 없어서는 안 되는 사랑받는 채소이다.[7] 생과로 이용되며 김치, 고춧가루, 고추장, 고추농축액, 고추씨기름, 추출물 등 다양한 쓰임새로 이용된다. 국가로는 인도, 중국, 페루, 파키스탄, 방글라데시, 인도네시아, 멕시코 등이 많이 생산하고 있으며 우리나라는 지역적으로 경북, 전남 지역에서 많이 재배하고 있다.

품종의 종수가 많고 다양하다. 크게 건고추, 풋고추, 관상용 고추로 구분한다. 품종 선택은 매운맛, 색깔, 크기, 수량 등과 토양, 기후 등 지역 조건에 적합하고 내병성을 지닌 고품질 다수확계 품종을 택한다.

재배양식으로는 조숙재배, 터널재배[8], 촉성재배[9], 반촉성재배[10]로 구분한다. 유형으로 노지와 시설, 양액재배가 있다. 이 책에서는 2월 중하순경 씨 뿌려 4월 하순~5월 상순에 노지나 하우스에 바로 심기 하여 재배하는 가장 일반적 재배형태인 조숙재배를 예로 들었다.

---

7) 비만예방 암, 위염, 고혈압 억제, 치매 예방 및 심폐기능 강화, 환경호르몬 감소 등
8) 중부지방 경우 1월 하순~2월 상순 씨뿌림하여 6~10월 수확한다. 터널을 이용해 생육 중기까지 보온을 해주고 이후에는 노지재배와 같은 요령으로 재배하는 형태이다. 터널은 철사를 약 1m 간격으로 꽂고 유인끈으로 고정한 후 비닐을 씌워 만든다.
9) 남부 지역에서 10월 중순 씨를 뿌려 2월 상순~6월 중순 수확하는 재배양식이다.
10) 중부이남 지역에서 12월 중순 씨를 뿌려 4월 중순~10월 상순 수확하는 재배양식이다.

1. 씨뿌림 - 모기르기(육묘)

먼저 씨를 뿌리고 모를 기를 육묘상을 설치한다. 2월이면 날이 춥기 때문에 전기나 온수로 온상을 가온하는데 소규모 육묘에서는 온도조절이 쉽고 설치비가 저렴한 전열온상을 많이 이용한다. 씨뿌림 시기는 60~80일 정도 걸리는 육묘기간을 고려하고 바로심기 예정일을 역산하여 결정한다. 조숙재배 경우 중부지방은 2월 중하순, 남부지방은 2월 상중순 경에 해당한다.

씨를 뿌릴 때 미리 싹을 틔워 심으면 발아율을 높일 수 있다. 30℃ 물에 5~10시간 담갔다가 씨앗을 헝겊 같은 천에 싸 수분 공급을 하면서 28~30℃의 온도에서 싹을 틔워(催芽) 씨뿌림 한다. 육묘상이나 포트에 씨뿌림 한다. 생육 적온은 낮은 25~28℃, 밤은 18~22℃, 지온은 18~24℃ 정도이다. 육묘기간이 2월~4월 추운 봄철이어서 저온 피해를 당하기 쉽기 때문에 온도관리에 특히 주의해야 한다. 육묘상인 때에는 본잎 2~3장 전개되면 포트로 옮겨 심는다. 육묘 후기에는 햇빛을 충분히 받게 하고 액비를 이용해 양분을 보충해 주도록 한다. 모굳히기(경화)를 바로심기 1주일 전부터 실시하여 모를 단단하게 키운다.

2. 거름주기 - 밭만들기

바로심기 할 밭을 미리 준비한다. 먼저 밭에는 밑거름을 뿌린다. 고추는 생육 기간이 길어 양분의 요구량이 많은 편이다. 거름주기하기 전에 지역의 농업기술센터를 이용하여 토양검정을 의뢰하여 비료 종류와 적정 양을 알아보는 것이 좋다.

거름양은 품종, 비옥도, 재배밀도와 주수 등에 따라 조절해준다. 질소·인산·칼리(NPK) 표준 시비량(10a당 성분량)은 노지의 경우 19.0kg-11.2kg-14.9kg, 시설의 경우 10.3kg-8.7kg-19.0kg이며, 볏짚 퇴구비는 2톤[11], 석회는 농용석회나 고토석회를 100~200kg, 붕소 2kg 정도로 준다. 석회, 붕사 등 분해가 느린 것은 2~3주 전 살포하며 화학비료는 5~7일 전 이랑 만들 때 뿌린다. 질소와 칼리는 60%는 밑거름으로, 나머지 40%는 웃거름으로 3~4회로 나누어서 준다.[12] 토양의 산도는 pH 6.0~6.5 정도이다. 이랑은 한줄 재배는 80~90cm, 두줄 재배는 150cm 폭으로 한다. 물 빠짐이 좋지 않으면 한줄 재배가 좋고 이랑을 높여준다.

3. 바로심기

포기 간격은 90×35cm로 하여 평당 10주 정도로 비옥도 등 토양

---

11) 가축분 퇴비를 시용할 때는 우분 톱밥퇴비는 볏짚 퇴구비와 동일량, 돈분 톱밥퇴비는 22%, 계분 톱밥퇴비는 17% 해당량을 시용한다. 토양 양분 축적 정도에 따라 조절해 준다.

12) 친환경 무농약, 유기농업 재배 경우는 비료를 소량 사용하거나 사용하지 않기 때문에 토양의 상태에 따라 화학비료 대신 퇴비와 유기물을 충분히 공급해준다.

상태를 고려하여 바로심기 한다.
같은 면적에 같은 주수의 고추를
심는다면 이랑 사이를 넓게 하고
포기 간격을 좁게 하면 통풍에
좋고 수확, 농약살포 등 작업관리
에 편리하다. 바로심기 할 모는
잎 수가 11~13장이고 1차 분지
(방아다리)에 첫 꽃이 맺었을 때
가 알맞다. 시설하우스의 경우에
는 노지보다 바로심기를 일찍 하
게 되는데, 아직 기온이 낮을 때
여서 저온 피해를 입지 않도록
주의한다.

4. 재배관리

고추는 고온성 채소로 광포화점이 다른 열매채소보다 낮은 편으로
토마토나 오이 등에 비해 약한 광선에서도 잘 자라는 편이다. 오전
중의 햇빛을 받아야 좋다. 광합성으로 만들어지는 동화산물의 70~
80%가 오전에 이루어진다고 한다. 고추의 뿌리는 주로 겉흙 부분
에 분포하기 때문에 토양이 건조하면 수량이 낮아지고 여러 가지 생
육장해를 일으킨다. 토양수분을 적당히 유지해 주어여 잘 자라고 수
확량을 올릴 수 있다. 고추는 건조와 과습에 약하므로 장마철의 배
수 관리에 주의한다. 물주기 방법으로서는 밭에 직접 하는 방법과
점적호스를 이용한 점적관수 시설을 설치하는 방법이 있다. 물주기
는 오전 중에 하고 흐린 날을 피한다. 가뭄 등 건조하면 진딧물 발
생이 많아진다.

1) 웃거름주기 : 질소(N)와 칼리(K)는 거름양의 40%를 웃거름으로 3~4회로 나누어 준다. 밭에서 자라는 기간이 길기 때문에 웃거름으로 영양부족을 방지한다. 액비나 퇴비로 주는 것이 좋다. 1차 거름은 바로심기 후 35~40일 전후이며 2,3차는 35~40일 지난 후 준다. 액비는 점적관수 등을 통해 여러 번으로 나눠 준다.

2) 유인 : 고추는 뿌리가 깊게 내리지 않아 열매가 달리면 무게를 못 이겨 쓰러지기 쉽다. 일정한 간격마다 받침대를 세우고 유인줄로 지지해 주어야 한다. 방법에는 개별유인, 줄유인, V자유인, 그물망 유인 등이 있다.

3) 개화와 열매달림(결과) : 고추는 10~13마디 1차 분지에 첫 꽃이 피면서 갈라지는 가지 사이에 잇달아 핀다. 꽃은 오전 6시부터 10시 사이에 왕성하게 핀다. 꽃가루의 싹트기 및 신장온도는 품종에 따라 차이가 있지만 20~25℃이고 15℃보다 낮거나 30℃보다 높은 고온에서는 잘 싹트지 못한 경우가 많다. 열매달림에는 바람, 진동이 도움이 된다. 양분, 수분, 온도, 광 등을 관리하면 열매달림을 증대시킬 수 있다.

5. 영양 생리장애, 병충해
(1) 영양장애 : 질소, 인산, 칼리, 칼슘, 고토(마그네슘), 황, 철, 붕소, 망간, 구리, 아연, 몰리브덴 등이 부족하거나 지나치면 장애가

발생한다.

(2) 생리장애

낙화, 낙과, 흑자색과, 부패과, 석과, 열과, 일소과, 기형과, 부정근
발생, 농도장애

(3) 병충해

1) 병해

곰팡이 : 잘록병(立枯病), 역병, 탄저병, 시들음병, 균핵병, 흰가루
병, 잿빛곰팡이병, 꼭지썩음병 등

세균 : 풋마름병(靑枯病), 무름병, 뿌리혹병, 궤양병, 반점세균병 등
바이러스병 :모자이크병, 원형반점병, 괴저반점병 등

2) 충해

차먼지응애, 점박이응애, 복숭아혹진딧물, 목화진딧물, 꽃노랑총채벌
레, 대만총채벌레, 담배나방, 담배거세미나방, 파밤나방, 아메리카잎
굴파리, 온실가루이, 뿌리혹선충병 등

6. 수확 및 건조

(1) 수확

수확은 아침에 한다. 노지 건고추의 색깔나기·성숙에는 개화 후 45
~50일 정도 소요되며 7월 하순부터 7~10일 간격으로 수확한다.
하우스 풋고추는 꽃핀 후 15~20일 정도 지나 과실 비대가 완료된
다. 토양습도를 적당히 유지하여 비대를 촉진시키면서 병해충 방제
를 철저히 한다. 포기당 수확량은 대개 100~200개로 크기가 큰
것은 30~40g, 작은 것은 15~18g 정도이다. 개화결실기의 한계
는 중부지방은 8월 하순, 남부지방은 9월 초순으로 그 이전에 개화·
열매달림 되어야 수확할 수 있다.

　붉은 고추는 색이 진홍색을 띠고 표면에 잔주름이 생겼을 때 매

운맛인 캡사이신 성분이 가장 많다. 80% 이상 붉어진 고추는 수확하여 나머지 고추의 숙기를 촉진시킨다. 수확기가 늦어지면 물러지고 탄저병균이 침투하여 수확 후 건조과정에서 증상이 발생되어 수량이 감소한다. 탄저병 발생이 예상되는 열매는 착색되면 빠른 시간 내에 수확하도록 한다.

(2) 건조

잘 익은 열매를 수확하여 건조한다. 건조 방법은 천일건조, 비닐하우스건조, 열풍건조가 있다. 완전히 착색되지 않은 과실을 건조하면 희나리 발생이 많아진다. 2~3일 정도 후숙하여 착색시킨 다음 건조하도록 한다. 착색된 붉은 고추도 어둡고 서늘한 장소에 2~3일 정도 두었다 건조시키는 것이 좋다. 좋은 붉은 고추도 잘못 건조하면 색깔, 윤택, 형태가 나빠지고 맛도 떨어져 상품가치가 떨어진다. 건조는 아주 중요한 과정이다. 건조기를 사용할 경우 건조에 필요한 온도, 시간을 조절하여 맛과 붉은 색깔이 잘 나오게 한다.[13] 건조한 고추는 차단성 비닐에 밀봉하여 저온에 보관한다. 국내산 건고추 수분 함량은 14~15%로 수분이 너무 적으면 바스라지고 수분이 많

---

13) 사람에 따라 차이가 있을 수 있다. 초기온도 65℃에서 5~6시간 → 건조실 습기 제거 → 60℃ 7~8시간 → 55℃ 15~17시간. 또는 50℃ 정도에서 2일 건조 후 2~3일 햇볕에 말려 습기를 제거한다. 건조온도를 60도 이상에서 계속 건조하면 시간은 빠르나 고유 색소인 캡산틴이 파괴되어 검은색을 띠므로 유의한다. 반으로 잘라 60℃에서 건조하면 건조시간이 단축된다.

으면 곰팡이가 발생하거나 변질될 수 있다. 고추가루로 빻을 때는 최소한의 공정으로 짧은 시간에 열의 발생이 적도록 처리하여 가공 중에 맛과 품질이 변하지 않게 하는 것이 중요하다.

〈재배실전 2〉

감자
- 빠질 수 없는 봄농사, 씨감자 싹틔우기와 재배관리 -

페루, 칠레 등 남미 안데스 산맥이 원산지로 세계적으로 재배되는 가지과 작물이다. 건조하고 척박한 토질에서도 잘 자라는 편이며 재배기간이 짧아 관리를 잘 수확하는 재미가 큰 작물이다.

　서늘한 기후를 좋아하는 대표적인 봄 작물이다.[14] 감자는 씨감자를 이용하는 영양번식으로 재배한다. 싹 틔운 씨감자를 쪼개 3월 말이나 4월 초에 밭에 심으면 6월 하순~7월경에 수확하게 된다. 씨감자는 농협이나 시장에서 구할 수 있다. 일반 감자를 쓰지 않고 농협에서 씨감자를 구하는 이유는 병이 없는 우량한 감자를 확보하기 위해서다. 감자 수확과 품질은 씨감자에 영향을 많이 받는다. 특히 탄저병, 역병 등 병에 걸리면 수확이 떨어지기 때문에 우량 씨감자를 구해서 심는다. 우리나라에서는 강원도 고랭지에서 씨감자를 재배해 공급하고 있다.[15]

　씨감자를 구하면 춥지 않은 실내(15~20℃)에 감자를 보관하여

---

14) 감자는 봄에 많이 재배하고 여름 지나 8월 중하순에도 심는다.
15) 씨감자 소요량 : 150kg/300평

감자 씨눈이 나오게 한다. 감자 씨눈이 적당히 자라 오르면 절단에 들어가는데 씨눈이 적어도 1곳 이상 있도록 2~5조각으로 자른다. 감자는 윗부분 씨눈의 생장력이 좋으므로 윗 눈을 살려 자른다.16) 큰 것은 4조각, 달걀 정도 크기면 2조각, 작으면 통째로 쓴다. 한 조각이 대략 30~50g정도 되면 좋다.

감자를 자를 때 쓰는 칼은 소독을 하면서 써야 한다. 끓인 물이나 불에 칼을 자주 소독해가며 균이 감자에서 감자로 옮겨지지 않도록 세심히 작업한다. 또한 칼로 감자를 쪼갠 절단면은 상처이기 때문에 진물이 마르고 잘 아문 후 심어야 한다. 상처를 통해 병균 감염이 안 되게 하기 위해서다. 따라서 씨감자 자르기는 밭에 심기 전에 자른 면이 치유될 수 있도록 충분한 시간 여유를 두고 실행한다. 감자를 밭에 심는 시기는 중부지방은 3월 하순~4월 상순경이다. 추운 지방일수록 늦고 남쪽 지방은 이보다 빠르다. 심는 간격은 20~25cm가 적당하다. 심을 때는 싹이 완전히 묻히도록 구멍에 씨감자를 놓고 5~10㎝ 정도 두께로 흙을 덮어준다.

감자는 심은 후 20~30일 정도면 땅 위로 싹이 나온다. 잎이 전개되며 함께 땅속줄기가 신장하게 된다. 싹이 올라오고 줄기가 나오게 되면 풀이 올라오는 것을 막고 온도유지, 수분보존을 위하여 북주기를 해준다. 감자 꽃은 심은 지 50일경 핀다. 덩이줄기 형성기는

---

16) 정아우세(頂芽優勢) : 줄기 끝에 있는 분열조직에서 합성된 옥신은 윗부분 눈이 생장을 촉진시키며 아래로 확산하여 곁눈의 발달을 억제하는데 이를 '정아우세'라고 한다.

빈센트 반 고흐 (Vincent Van Gogh)의 『감자 캐는 여인들』 1888.5

싹이 출현하여 꽃이 피기 전까지로 땅속줄기의 선단부에 덩이줄기가 형성되는 시기여서 수분관리, 북주기 등 재배관리를 잘 해주도록 한다.

덩이줄기 비대기는 꽃이 필 때부터 줄기가 누렇게 변하는 시기까지다. 비대기에는 중량이 증가하므로 토양수분을 적절히 유지하는 것이 중요하다. 밤낮 온도차가 커야 비대속도가 빠르고 전분축적이 잘 이루어진다. 덩이줄기 성숙기는 비대가 중지되고 잎과 줄기가 말라 죽으면서 완숙단계에 들어가게 되는 시기다. 감자 표면이 충분히 굳어져야 기계적인 상처가 감소되고 저장력도 향상되므로 비교적 토양수분이 적은 것이 좋다. 수확은 잎이 누렇게 되는 때(황엽기와 고엽기 사이)로 심은 지 90~100일 정도 걸린다. 수확이 늦으면 감자의 전분이 감소하기 때문에 때를 맞추어 수확한다.17)

감자 요리는 다양하고 폭넓게 활용된다. 찌개, 전, 국, 조림, 볶음, 튀김 등 어디든 잘 어울린다. 심는 품종도 다양하다. 품종으로는 남작, 수미, 대지, 세풍, 조풍, 남서, 대서, 가원, 자심, 추백, 조원, 자서, 추동, 신남작, 가황, 추강, 추영, 하령, 서홍, 고운, 자영, 홍영 등이 있다. 홍영, 자영, 자서는 색깔 감자이다. 수미는 생산량의 70%를 차지할 만큼 많이 재배하는 품종이다. 점질이 많은 감자는 주로 찌게, 반찬용으로 이용되고 분질이 많은 남작, 대서같은 감자는 포곤포곤한 식감이 있어 삶아 먹기에 알맞은 품종이다.

〈재배실전 3〉

상추

국화과 식물이다. 세계적으로 친숙한 채소로 쌈밥, 셀러드, 겉절이, 햄버거, 샤브샤브 등 다양한 식재료로 이용되고 있다. 원산지가 지중해도우와 이집트지역으로 우리나라에는 6~7세기에 들어온 것으로 알려져 있다. 상추는 서늘한 기후가 적합하여 봄가을로 심는다. 가을에 심는 상추는 맛이 좋아 "가을 상추는 문 닫고 먹는다"는 속담이 있다.

다른 작물에 비해 생육기간이 짧은 편이다. 병충해도 적은 편이어서 재배하기가 어렵지 않다. 싹 트는 데 적당한 온도는 15~20℃이다. 유럽 등 다른 나라는 결구상추가 주류인데 우리나라는 쌈용으로 잎상추를 주로 심는다. 최근에는 도입 품종도 많아져 다양한 품

---

17) 수확량은 품종에 따라 다르나 300평당 2,400kg 정도다.

종을 재배해 볼 수 있다. 종류로는 치마상추, 축면상추, 담배상추, 로메인상추, 오크상추, 양상추 등이 있다. 상추의 휘즙액 속의 락토카리움 성분은 신경안정, 진통, 최면작용이 있으며 쓴맛은 식욕을 증진시켜준다.

씨뿌림 때 주의할 점은 상추 씨앗은 호광성이므로 흙을 많이 덮어주면 싹트기가 안 된다. 직파와 육묘 재배가 가능하다. 봄 상추의 경우 경기 북부지방은 3월 중순 이후 씨 뿌려 7월 중순까지 재배할 수 있으며, 가을 상추는 8월 중하순경 씨 뿌려 늦가을까지 재배할 수 있다. 씨뿌림 시기는 육묘기간을 감안하여 봄가을은 25~35일, 여름철은 20~25일, 겨울철은 35~40일 고려하여 결정한다. 직파는 줄 간격 15~20cm로 줄뿌림 한다.

모종 재배는 6cm 간격으로 재배상에 줄뿌림하거나 128구~200구 트레이를 이용한다. 온도 15~20℃를 유지하면 2~3일이면 싹트며 25~30일 육묘한다. 육묘하우스는 15~23℃ 되게 유지관리하고 씨뿌림 후 매일 관수하고 싹트기 후에는 솎아준다. 바로심기 2~3일 전에는 모 경화 작업을 해준다. 바로심기 모는 본잎 3~4장이 적당하며 며 바로심기 1시간 전에 충분히 물을 뿌려준다.

밭은 평이랑으로 하여 두둑 120cm 고랑 40cm 정도로 만든다. 상추는 다비성 작물이어서 비옥한 토양이 좋다. 특히 여름철에 양분이 부족하게 되면 꽃대가 빨리 올라온다. 산성토양일 경우 반드시 석회를 뿌려준다. 그러나 너무 많이 사용하면 망간, 철분 결핍이 일어난다. 퇴비와 석회는 2~3주 전에 뿌리고 화학비료를 이용할 경우 이랑만들기 5~7일 전에 뿌린다.

거름주기는 잎상추 경우 10a당 석회 200kg, 퇴비1,500kg, 질소 20.9 - 인산 5.9 - 칼리 12.8kg로 준다. 인산은 모두 밑거름으로 준다. 질소와 칼리는 60%는 밑거름, 40%는 웃거름으로 나누어 준다. 웃거름은 2~3회로 1회 본잎 6~7장, 2회 본잎 12장 때 준다. 웃거름은 요소와 칼리를 3회로 나누어 준다.[18] 재배간격은 잎을 따먹는 상추는 15~20cm, 결구상추는 30×30cm, 반결구상추는 25×25cm 정도의 간격으로 한다.

상추는 마그네슘, 칼슘, 아연, 망간, 붕소 같은 요소의 부족과 과잉에 따라 영양장애와 결구내 부패, 이상결구 등이 일어난다.

병해로는 균핵병, 노균병, 잿빛곰팡이병, 모자이크병, 무름병, 역병, 갈색무늬병, 점균병, 시들음병 등이 있다. 충해로는 꽃노랑총채벌레, 목화진딧물, 뿌리혹선충, 밤나방, 민달팽이, 거세미나방류, 굴파리 등의 피해가 발생한다.

---

18) 친환경 무농약, 유기농업 재배의 경우는 비료를 소량 사용하거나 사용하지 않기 때문에 토양의 상태에 따라 학학비료 대신 퇴비와 유기물을 충분히 공급해주어야 한다.

2. 여름

입하(立夏)	5월 5일경	여름으로 들어간다
소만(小滿)	5월 21일경	생명이 힘차게 자라 우거지며 본격적인 농사가 시작된다
망종(芒種)	6월 5일경	보리 베고 모내기 한다
하지(夏至)	6월 22일경	낮이 가장 긴 날이다
소서(小暑)	7월 7일경	더위가 시작된다
대서(大暑)	7월 22일경	더위가 심하다

4월 하순~5월 초순: 고구마, 비트, 순무, 완두콩, 당근, 옥수수, 양배추 (고추, 가지, 오이, 참외, 수박 등 모종류), 돼지감자, 잎들깨(노지)

5월 초순: 생강, 율무, 토란, 피망, 파프리카, 흑임자, 풋콩

5월 중하순: 참깨, 들깨, 샐러리, 고구마

6월 상순: 서리태

6월 중순: 백태, 청태, 흑팥, 녹두, 적두, 참깨(2기작), 조, 수수

6월 하순: 콩나물콩

6월 하순~7월 초순: 들깨

7월 하순~8월 중순: 당근, 메밀, 브로콜리

여름이 시작되는 5월 초는 생명의 움직임이 넘치는 철이다. 사람의 성장기로 비한다면 생동감 넘치는 때가 아동기인데 어린이날을 5월 5일로 정한 것은 참 탁월한 택일이 아닐 수 없다. 농사도 본격적으로 시작되어 씨 뿌리고 기른 모를 본 밭에 옮겨 심고, 도시에서도 가지, 고추, 토마토, 상추 등 모종이 시장 앞자리에 펼쳐지고 이를 사려는 사람들로 붐비는 때다. 이 시절은 참으로 다양

한 작물을 뿌리고 심을 수 있는 황금 같은 시기다.

　이때의 절기가 입하(立夏)인데 철이 여름으로 들어선다는 때이다. 5월 하순이면 철이 차기 시작하여 소만에 이르고 밀을 베고 벼를 모내는 망종을 지나 낮이 가장 길다는 하지에 이른다. 또한 큰 농사가 자리하고 있으니 바로 논농사다. 4월 하순경에 볍씨를 뿌려 기른 모를 논에 내다 심는다. 모내기가 한반도 전 지역에서 펼쳐지는 때다. 또 6월이면 생각나는 대표적 밭 작목으로 감자 수확이 빠질 수 없다. 감자는 중부지방에서 6월 말~7월 초 하지 무렵부터 캐기 시작한다. '하지감자'라고도 불리니 때맞춘 이름이다. 감자는 3월 하순~4월 초순경에 싹 틔운 씨감자를 심으면 100일 정도면 수확의 기쁨을 즐길 수 있는 작물이다.

　6월은 콩 농사가 시작되는 철이기도 하다. 우리나라 콩 농사는 안타까운 구석이 많다. 콩의 원산지이며 콩을 원료로 한 다양한 장류 발효문화가 꽃을 피웠지만 콩의 재배수준은 처참한 실정이어서 수입 콩에 기대고 있는 현실이다. 메주용으로 쓰이는 백태, 맛이 뛰어나 밥콩으로 많이 심는 서리태, 밤콩이 재배되고 아울러 팥도 이 철을 대표하는 작물이다.

　이밖에도 6월에는 지난해 심은 마늘, 양파를 수확하고, 시장에 나온 대파와 들깨 모종을 구해 심는 등 여름 한더위가 오기 전에 할 일이 많다.

　여름의 고비는 7월이다. 절기상으로는 소서, 대서가 놓여있다. 여름의 농사는 태양과 물과 풀과의 싸움이다. 7월의 태양은 이글거리거나 비구름에 가려 흐리고, 물은 넘치거나 부족하며, 풀은 뒤돌아서기 바쁘게 자라 오른다. 작열하는 태양 아래 땀은 비 오듯 하며 숨이 막히고 살갗이 타고, 강수량이 적은 해엔 저수지가 바닥을 드러내 논밭이 갈라지고, 제초 시기를 놓친 전답은 풀로

금새 뒤덮인다. 7월의 농사일은 이래저래 힘들다. 그래서인지 더위를 쉬어가라는 것인지 잘 알려진 민속풍습이 있으니 바로 복날이다. 복날은 초·중·말복 세 번 찾아드는데 7월과 8월 중순 사이에 오게 되어있어서 한여름의 무더위와 일에 녹초가 된 심신을 보충하고 달래는데 딱 맞는 시기인데다 세 번에 겹쳐 찾아드니 그 이상 좋은 배려가 아닐 수 없겠다.

〈재배실전 4〉

콩

한반도, 만주 일대가 원산지로서 식생활과 밀접히 연결된 대표적인 밭작물이다. 된장, 간장, 고추장 등 장류의 재료이며 된장찌개를 비롯한 각종 찌개, 탕뿐 아니라 두부, 콩나물, 자반, 콩가루 등과 같은 반찬과 밥에 들어가는 밥콩과 떡고물에 이르기까지 폭넓게 활용되고 있다. 그러나 현재 콩 자급률은 10% 미만이다. 사료용 콩은 전량 수입되고 있으며 GMO 재배콩의 유해성 문제가 사회적 논란이 되고 있다. 콩은 단백질의 중요한 공급원이다. 아미노산의 종류도 육류에 비해 손색이 없다. 콩에는 비타민 B군이 많고 콩나물에는 비타민C가 풍부하다.

　콩 품종은 황색콩(백태, 황태), 검정콩(흑태), 녹색콩(청태), 소립종(소두), 중립종, 대립종(대두), 동부, 완두, 강낭콩, 녹두, 팥, 땅콩 등으로 다양하며 간장, 두부, 밥밑콩, 콩나물 등 용도에 따라 선택해 재배한다.

씨뿌림 시기는 일반적으로 5월 초순~6월 말이며 중부지역의 경우 단작은 5월 초순~6월 중순, 2모작은 감자, 마늘 수확 후 6월 하순이다. 또한 서리태는 다른 콩에 비해 자라는 기간이 길어서 5월 하순~6월 상순, 백태는 6월 초중순, 콩나물콩, 쥐눈이콩 등도 하지 전까지 심는다. 씨앗용 콩은 매년 정부에서 보급종을 생산해서 공급하고 있으므로 신청하여 심는 것이 좋다.

육묘로 이식재배하는 경우 바로심기 시기는 6월 초순~7월 초순이다. 포트에 모종을 기를 경우에 2~3주 걸린다. 만약 6월 초에 바로심기를 한다면 5월 중순에 50구 트레이판에 2알씩 씨뿌림 한다. 너무 일찍 심으면 콩잎이 무성해지고 수확이 떨어진다.

밭은 중성 토양으로 토심이 깊고 보수력이 높으며 석회, 칼리 함량이 높은 토양이 좋다. 지나친 거름은 웃자라 수확이 떨어진다. 콩은 공기 중의 질소를 이용하는 능력이 있어 질소질 거름 대신 칼리 성분의 거름이 많이 필요하다. 인이나 칼리 성분의 비료로는 나무나 콩대를 태운 재나 숯가루, 쌀겨가 좋다.

콩의 심는 거리는 60×20cm 정도이며 이랑과 포기 간격은 품종, 토양 비옥도 등에 따라 조절해준다. 예를 들면 줄 간격을 메주콩은 65~70cm, 검정콩은 75~80cm로 하고, 포기 사이는 메주콩은 15~20cm, 검정콩은 25~30cm로 하는 것이 좋다. 일찍 심을 경우는 다소 넓게, 늦게 심을 경우는 간격을 다소 좁게 심는 것이 수량을 올리는 데 유리하다. 단작으로 일찍 씨뿌림할 경우에는 영양생장이 길어져 무성하게 자라게 되므로 이랑폭 60cm에 포기사이 15~20cm 정도로 하고 이모작으로 심을 경우에는 이랑폭 60cm에 포기사이 10~15cm로 한다. 한 포기당 2개체를 심는 것이 일반적이다.

재배관리로는 북주기와 순지르기(적심), 제초, 관수 등이 필요하다. 장마철 호우도 생육에 부정적 영향을 끼치며 비둘기, 꿩, 까치, 고라니 등의 동물 피해도 적지 않다. 순지르기는 본잎 5~7장가 난 7월 상중순에 생장점이 있는 줄기의 윗부분을 제거해 주는 작업이다. 순을 질러주면 아래 마디에서 줄기가 분화하여 꽃이 많이 피어 수확량이 많아지지만 꽃이 피기 시작하면 하지 않도록 한다.

북주기는 물 빠짐을 좋게 하고 토양의의 통기성을 높여, 새 뿌리의 발생을 많게 해주어 생육과 결실에 이로우며 콩의 쓰러짐도 막아주고 수량 증대 효과가 있다. 노지 재배는 김매기를 해주면서 2~3회 북주기를 한다. 김매기와 북주기 작업은 꽃피기 이전에 해주는게 좋다.

콩꼬투리가 달리기 시작할 때부터는 병해충 방제에 노력해야 한다. 병해로는 콩모자이크병, 노균병, 탄저병 등이, 충해로는 노린재, 콩나방, 진딧물, 굴파리, 28점무당벌레 등 피해가 발생한다. 특히 노린재 피해가 크다. 그중 피해가 심한 노린재는 톱다리허리노린재로 흰콩과 서리태가 피해를 많이 입는다. 친환경 방제법으로는 농약 대신 페로몬 유인 트랩을 설치하여 노린재를 포획한다. 구하기 쉬운 자재를 재활용하여 직접 만들 수 있다. 페트병 2개를 준비하여 주둥이와 밑둥을 자른 다음 반대 방향으로 주둥이를 몸통에 결합시킨다. 몸통을 짧으면 두 개를 연결하면 된다. 주둥이 부분에 작은 구멍을 여러개 뚫고 통 안에 노린재가 좋아하는 국 멸치 머리와 내장 부분을 넣고 노린재가 나오는 곳에 설치한다.

수확 시기는 잎이 누렇게 변하여 떨어지는 10월경이다. 콩 꼬투리가 잘 터지는 품종은 수확시기를 잘 맞춰야 한다. 꼬투리의 80~90%가 성숙된 색깔로 변하면 베어 작은 단으로 묶거나 깔아 말린다. 수확 전후 비를 맞추지 않도록 한다. 수확 후 수분 함량은 14% 이하이며 서늘한 곳에 보관·저장 하고, 1년 이상 장기 보관할 때 환경은 온도 5℃ 이하 습도 60% 이하, 수분 함량은 10% 이하로 한다.

(1) 바로심기(정식)

직파를 하지 않고 모로 기른 작물은 모의 상태를 보아 철, 날씨, 토양상태를 고려하여 밭에 옮겨 심는 작업을 한다. 작업시간대는 되도록 햇볕이 강한 한 낮을 피하고 오후가 좋다. 바로심기 전에 당연히 밭은 미리 작업해 두어야 한다.

준비한 모를 밭에 옮기기 전에 모판에 전날 미리 물을 충분히 뿌려주거나 물에 담가주면 좋다. 수분을 공급해주고 모를 심는 작업 때 모판에 달라붙은 뿌리가 잘 빠지고 잔뿌리의 뜯김을 방지할 수 있다. 액비를 물에 타 부족한 영양을 공급해 줄 수도 있다.

바로심기 작업은 '모 준비 - 모 운반 - 모종 이식기로 식재 구멍 뚫기 - 구멍에 물주기 - 모 넣기 - 흙덮기'의 순서로 작업한다. 일반적으로 심을 구멍에 먼저 물을 주는 것이 좋다. 심고 나서 물을 주게 되면 물이 땅속까지 스며들지 않고 겉흙만 적시고 흘러내려 버린다.

날씨는 쨍쨍 맑은 날보다 흐린 날이 좋으며 모를 차에 실어 이동할 경우에는 천막이나 덮개를 씌워 수분 증발 등 스트레스를 받지 않게 조심히 운반한다. 심을 때는 대개 수인 1조가 되어 작업하는 것이 능률적이다. 세 사람이라면 맨 앞사람이 구멍을 내고 가면 다음 사람은 모를 넣어주고 그 뒷사람은 흙을 채워주면 일의 박자가 맞고 말도 나누며 재미있게 할 수 있을 것이다. 농사 작업은 혼자 하면 외롭고 질리고 효율도 안 나기 마련이다. 바로 심기를 마치고 모가 땅에 활착을 잘 하면 좋지만 죽거나 병들거나 불량한 모가 생기면 다시 심어준다.

(2) 밭 재배관리

1) 물주기

꽤 오래전에 나온 얘기 중 부모가 듣기 좋은 3가지 소리가 있다 했다. 첫째는 자기 논에 물 들어가는 소리다. 특히 벼농사는 논에 물을 대주지 않으면 안 되는 대표적 식량작물이어서 물꼬를 두고 동네 이웃 사이에 격렬한 싸움이 일어나기도 했다. 비가 오지 않아 가뭄이 심해 땅바닥이 갈라질 만큼 물이 턱없이 부족한 때 자기 논에 콸콸 소리를 내며 물이 들어간다고 생각해 보라. 모든 생명에게 물은 절대 요소이듯 사람 몸도 가장 많이 차지하고 있는 구성 성분은 물이다. 두 번째 소리는 자식 목구멍으로 밥 넘어가는 소리. 요즘에야 먹을 게 풍족해서 그럴 리 없어졌겠지만 배고 픈 시절에 자식 배 굶기지 않고 먹이는 일이 큰일이었을 때, 받아 든 밥을 아이가 꿀떡 삼키는 소리는 어떤 소리로 들렸을까. 세 번째는 자식 글 읽는 소리라 했다.

작물의 생육에 절대적 영향을 미치는 것은 물 공급이다. 식물에 물 공급을 어떻게 해야 좋은지 많이 궁금해하는 사항이기도 하다. 식물에게 얼마나 수분을 공급할 것인지를 짧게 정리해 말하기는 어렵다. 토양상태, 식물의 종류, 성장단계마다 수분공급이 달라지 기 때문이다. 특히 토양상태는 중요한 요인이 된다. 모래흙 같은 흙은 물이 잘 빠지지만 점질이 많은 흙은 물을 붙잡고 있어서 모래흙과 찰흙의 물 공급은 다를 수밖에 없다. 식물의 종류에 따라서도 물을 좋아하는 식물이 있는가 하면 습한 상태를 싫어하는 식물도 있다. 그렇지만 수분관리에서 지켜야 할 기본원칙 정도는 기억해두는 것이 도움이 될 것이다.

첫째는 '뿌리도 숨을 쉰다'는 사실이다. 뿌리는 토양 내 물과 영양을 흡수하는 일과 함께 호흡을 한다. 따라서 뿌리의 주위 환경에 공기의 순환이 반드시 필요하다. 그런데 토양 내에서 물과 공기는 상대적이다. 비가 내려 물이 많아지면 공기가 밀려 빠져 나가고, 가물어 물이 적어지면 공기가 차지하는 공간이 많아지게 된다. 물을 많이 주게 되면 그만큼 공기 공간이 줄어드는 것이다. 따라서 수생식물이나 물을 아주 좋아하는 식물이 아닌 경우, 물을 너무 자주 주게 되면 공기 부족으로 식물은 성장 장애를 일으키거나 뿌리가 썩거나 심하면 죽게 되는 일이 발생한다.

두 번째로는 자주 주지 말고 지상 표층이 말랐을 때 주고 줄 때는 뿌리까지 충분히 젖도록 주는 것이 좋다. 물을 주고 나면 중력에 의하여 물이 점점 아래로 빠져나가고 위로는 수분 증발이 일어나 흙이 마르게 된다. 흔히 노지보다도 실내에서 식물을 키우는 경우 물을 너무 자주 줘서 죽이는 일이 많다. 이 사람이 주었는데 다른 사람이 또 주기도 하고, 컵으로 물을 마시고 남은 물을 화분에 쏟아버리는 풍경도 눈에 띈다. 식물에게 물이 필요하지만 너무 많으면 호흡하는 뿌리세포가 과습에 시달린다.

시설 하우스의 경우에는 물을 공급하는 시설이 되어있는 경우가 많다. 천정에는 스프링클러, 바닥에는 관수 파이프나, 점적호스를 설치한다. 야외 노지에는 물탱크를 준비하는 것이 이용에 이롭고 계곡물, 마을하천, 빗물 등 수자원을 효율적으로 이용한다.

2) 포기 가꾸기와 솎기
우량한 개체를 남기면서 상태가 나쁜 것, 웃자란 것을 뽑아 작물의 성장에 맞게 적당한 간격이 되도록 2~3회 정도 솎아주기를 실시하여 마무리한다. 솎은 것은 모아 부식재료로 활용한다.

3) 북주기(배토)
두둑과 골 사이의 흙으로 작물 아래 부분을 덮어주는 작업이다. 북주는 작업은 골의 흙을 모아 포기에 덮기 때문에 골과 둑의 제초작업을 병행하는 효과가 있다. 흙이 너무 마르면 땅이 굳어 작업이 어렵기 때문에 땅이 적당한 습기를 머금을 때 하게 되면 일이 수월하다.

북주기는 작물의 수량과 상품성을 높여주는 효과가 크다. 특히 감자, 당근, 토란, 땅콩, 생강처럼 지하부에서 덩이를 생산하거나 파처럼 뿌리의 하얀 부분(연백)이 많아야 상품성이 좋아지는 작목은 북을 주어 수량과 상품가치를 높인다.

4) 받침대, 그물, 견인줄 등 이용하기

재배하는 식물들은 오랜 세월에 걸쳐 사람에 의해 특정한 방향과 목적으로 선발, 육종 등을 통해 개량되어온 품종들이다. 개, 고양이 등 동물이 사람 손에 길러지면서 야성을 잃고 애완동물이 되어버리는 것처럼, 작물들도 야생성을 잃고 재배식물로 순화되어 왔다. 따라서 재배작물은 사람이 보살펴주지 않으면 정상적으로 성장하기 어려운 비정상 식물들이라고도 말할 수 있다. 고추나 토마토를 예를 들면 열매를 많이 맺는 다수확 방향으로 개량되어왔는데 그대로 놓아주면 뿌리가 깊게 뻗지 않아 무게를 못 이기고 쓰러져 버리고 만다. 받침대를 세워주어야 한다. 육종된 오이, 수박, 참외는 자연상태에서 넝쿨이 멋대로 자라게 방치하지 않고 재배법을 익혀 관리해준다. 대부분 작물은 소위 잡초의 왕성한 성장과 번식력에 제대로 자랄 수 없게 되어버린다. 재배작물이 몸체를 유지하고 지탱하고 결실을 맺기 위해서는 사람(농부)의 보살핌을 필요로 한다.

말뚝, 받침대 세우기, 줄묶기

작물을 지탱해주는 가
장 일반적인 방법이
다. 각목, 플라스틱이
나 철제 같은 단단한
재질의 말뚝을 사용한
다. 길이는 재배하는
작목의 키를 고려하여
여유 있게 선택한다.
너무 짧으면 좋지 않
다. 토마토처럼 받침대를 포기마다 세우거나 고추처럼 5~6포기마
다 세우는 경우가 있다. 앞의 경우에는 포기마다 줄로 받침대에
군데군데 묶어주면 되고, 뒷 경우에는 긴 끈을 옆으로 한 바퀴 돌
려 작물이 줄 사이로 나오게 하여 지탱해주는 방식이다.

합장식, 그물망 치기

합장식은 두둑에 받침대를 ∧모양으로 세운 뒤 밧줄로 묶어주는
방식이다. 받침대를 5~6포기 간격 정도로 설치한 다음 줄이나
그물망을 쳐준다. 그물망은 엉키지 않도록 요령 있게 작업한다.
받침대를 서로 줄로 당겨 연결해주고, 줄의 양쪽 끝은 기둥이나
말뚝에 단단히 매어주어 작물이 무성해져 무게를 이기지 못해 쓰
러지는 일이 일어나지 않도록 하여야 한다. 그물망을 타고 자란
성숙기 때의 식물의 무게가 만만하지 않기 때문이다.

평네트

작물을 줄로 묶어주게 되면 서로 부둥켜안은 모양이 되어 성장에 방해가 된다. 바람도 잘 통하지 않고 잎이 겹쳐져 햇볕을 잘 받을 수 없으며 병이 번성할 환경이 만들어져서 병해가 심해진다. 이를 방지하는 방법으로 줄로 묶는 대신 받침대를 직각으로 일정한 간격으로 세우고 네트나 그물을 평평하게 쳐주게 되면 작물이 그물망 사이로 빠져 올라오면서 쓰러지지 않고 자라게 된다. 묶어줄 경우에 발생하는 엉킴, 수광태세 불량, 통풍불량 등의 단점을 극복할 수 있다.

유인줄

시설하우스에서 많이 사용하는 방식이다. 천정에서 줄을 내려뜨린 다음 집게를 이용하여 작물의 줄기를 줄에 붙들어 매준다. 말뚝, 합장식 등 평지에 설치하는 경우는 수확을 하고 나면 번번이 철거하고 다시 또 설치해야 하는 번거로운 작업이 이어지는데 반해 하향식 유인줄을 이용하면 이러한 노동을 줄여주게 된다. 오이, 파프리카, 토마토 재배 등에 이용한다.

5) 차광, 비가림

그늘이나 반그늘을 좋아하는 식물도 적지 않다. 이러한 식물을 재배하는 경우는 인위적으로 환경을 만들어 주어야 한다. 인삼, 취, 참나물 등을 예로 들 수 있다. 기둥을 세워 차광막을 덮거나 나무나 숲, 산그늘이 진 곳에 식재한다. 비를 맞지 않도록 비닐을 씌우는 경우도 많아졌다. 비를 맞지 않게 해주면 병 발생을 줄여준다.

6) 웃거름 주기

씨뿌림이나 바로심기 때 밭을 만들 때 밑거름을 주고 난 후 작물의 생육과정 중에 추가로 거름을 주는 경우 이를 '웃거름'이라 한다. 재배기간이 짧거나 추가 거름을 필요로 하지 않는 경우는 밑거름만으로 되지만 그렇지 않는 경우는 대개 웃거름을 주게 된다. 특히 양분 요구량이 많은 배추 같은 다비성 작물이나 고추처럼 생육기간이 길고 과정 중에 수확이 이어지는 경우, 장마기에 토양 내 양분이 유실되는 경우, 다비재배가 다수확에 유리한 경우 등에는 웃거름을 주게 된다. 거름 종류, 거름양, 횟수, 시기가 작물과 품종에 따라 다르기 때문에 잘 살펴 대처해야 한다.

7) 순, 잎, 줄기, 가지 관리

성장기의 작물은 반드시 순, 잎, 줄기, 가지, 꽃, 열매를 적절히 관리해주어야 한다.

- 순지르기(적심,摘心) : 원줄기나 원가지의 순을 잘라주는 일. 웃자람이나 생장을 억제하고 곁가지를 늘려 개화, 열매달림을 늘리려는 목적으로 실시한다. (과수, 과채류, 목화, 콩류, 담배 등)

- 곁순지르기(적아,摘芽) : 곁순을 따주는 것을 말한다. 토마토 같은 경우 적아를 하지 않으면 여러 줄기가 엉키면서 무성히 자라게 되어 관리할 수 없을 지경에 이른다. (고추, 포도, 오이, 수박, 참외 등)

- 잎따기(적엽,摘葉) : 잎을 따주어 통풍, 투광을 좋게 하려는 목적으로 실시한다. 토마토, 가지 등 아래 부분의 잎을 따주는 경우가 많다.[19]

---

19) 1열매 당 필요한 잎 수 : 오이 6. 가지 2. 토마토(화방) 3. 참외 8~10. 수박 30~35장.

- 제얼(除蘗) : 한 포기에서 여러 싹이 나올 때 적정한 대수를 남기고 제거해 주는 일. (감자, 옥수수, 토란 등)
- 정지(整枝) : 주로 과수에서 수형을 조정하는 것. 입목형, 울타리형, 덕형 정지 등이 있다.
- 전정(剪定,가지치기) : 수광·통풍 효과 개선, 열매의 결과 조절 등의 목적으로 가지를 쳐준다. 서로 엇갈리거나 웃자란 가지, 옆으로 또는 아래로 뻗는 가지, 아래서 새로 자라 올라오는 가지 등을 쳐주면 나무의 태세가 좋아진다. 그러나 너무 늦은 철이나 지나친 가지치기는 스트레스 요인이 되기 때문에 조심한다. 정지와 전정은 식물의 수광태세를 좋게 해주어 광합성 효과를 높여 결실을 좋게 해준다.

8) 결실의 조절과 관리
- 인공수분 : 꽃과 열매가 많이 피고 달렸다고 좋은 것이 아니다. 적절히 조절해준다. 꽃이 피면 애호박, 배나무처럼 인공적으로 꽃가루받이(수분)을 해주어야 하는 작물도 있다. 수꽃을 따서 수술을 암꽃 암술에 꽃가루를 묻혀주는 요령으로 실시한다. 최근에는 꽃을 옮겨 날아다니며 꽃가루를 옮겨 수분을 해주는 벌 같은 곤충이 줄어들어 어려움이 커지고 있다. 곤충 접근이 어렵고 온도가 높은 시설 하우스 같은 곳이 더 심한데 이런 경우 수분매개곤충을 방사해 주기도 한다.
- 꽃솎기(摘花) : 꽃이 너무 많이 피었을 경우 꽃을 솎아 따주거나 품질향상을 목적으로 꽃을 따주는 일을 말한다. 예를 들면 감자꽃을 따주면 덩이줄기의 발육이 좋아진다.
- 열매솎기(摘果) : 열매가 너무 많이 달렸을 때 솎아 따준다.
- 열매떨어짐 방지 : 열매가 떨어지지 않게 관리한다.

－ 봉지씌우기 : 최근에는 애호박, 오이 같은 열매채소와 사과, 배 등 과일에 봉지를 씌워 재배하는 농가가 많아졌다. 균일하고 보기 좋은 열매를 수확할 수 있고 병해충의 피해를 줄일 수 있으며 특수한 비닐을 이용해 차별화된 농산물을 생산하기도 한다.

〈재배실전 5〉

토마토

남아메리카 서부고원지대(페루,에쿠아도르,남미잉카)가 원산지로 가지과 작물이다. 원래 여러해살이 식물이지만 우리나라에서는 겨울을 나지 못해 한해살이로 재배한다. 항산화 물질, 리코펜 등이 풍부하여 영양과 요리재료로 중요한 작물이며, 처음 농사에 접근하는 초보자나 학생들에게 재배법과 관리 요령을 익히는 데에 아주 적합한 작물이기도 하다. 일반 토마토와 방울토마토는 재배관리상 공통점이 많다.

촉성재배(10월 하순~11월 하순), 반촉성재배(12월 하순~2월 상순), 조숙재배(5월 상하순), 노지억제재배(5월 중하순), 수경재배 등 여러 재배양식이 발달해있고 연중 재배되는 작물이 되었는데 여기에서는 조숙재배 경우를 서술한다.

모종을 기르는 경우 씨뿌림 후 육묘기간이 70~80일 정도로 길다. 토마토는 대개 모종을 구해 재배하고 있다. 물 빠짐이 좋고 거름진 토양이 좋으므로 밭을 만들 때 밑거름을 충분히 주고 생육기간 중 웃거름을 나누어 준다. 모종 심는 시기는 품종이나 재배 형태에 따라 차이가 있지만 노지의 경우 알맞은 시기는 4월 말부터 6월 말 사이다. 심고 2개월 정도 지나면 아래 토마토부터 차례로 성숙되어 수확할 수 있다. 첫 꽃이 피지 않은 어린 묘를 심거나 너무 늦게 심으면 뿌리 활착이 늦어 초기 생육이 좋지 않다. 바로심기 간격은 품종이나 재배목적, 토양의 비옥도 등에 따라 다소 달라질 수 있으며 90×35~45cm 정도로 한다.

토마토는 다른 작물에 비해 병이나 충해가 심하지 않은 편이다. 그러나 순, 잎, 꽃, 열매를 세심하게 관리를 해주어야 한다. 그렇지 않으면 줄기가 어지럽게 우거져서 제대로 관리할 수 없으며 수확과 품질을 기대하기 어렵다. 따라서 바로심기 후 순, 잎 등을 관리하고 지주대를 세워 원줄기를 유인해준다. 실내나 시설재배에서는 천정에 유인줄을 달아 지탱해준다.

1) 순치기(적아) : 첫 번째 송이에서 꽃망울이 피기 시작할 무렵 원래의 줄기와 가지 사이에 곁순이 나온다. 곁순을 방치하면 너무 무성하게 자라고 열매가 작아지고 또 맛도 없어지기 때문에 따준다. 손으로 밀어서 따준다.

2) 순지르기(적심) : 8~9절에 제1화방이 달리고 3엽씩 전개됨에 따라 화방이 발생한다. 수확 종료 예정일 50여일 전에 마지막으로 수확할 화방의 위에 있는 잎 2개를 남기고 원줄기를 잘라준다.

3) 잎따주기(적엽) : 지나치게 잎이 무성해지면 빛이 부족하고 통풍이 잘 되지 않아 열매달림이 안 될 뿐만 아니라 착색과 맛도 떨어진다. 잎을 정리해주는 것이 좋다. 수확을 완료한 화방 아래의 잎, 특히 1화방 밑의 잎은 제거하는 것이 과실비대에 좋고 진딧물 등의 방제에도 효과적이다.

3) 열매솎기(적과) : 일반 토마토의 열매달림 수는 품종이나 모기르기 조건에 따라 한 화방에 10여 개의 꽃이 피어 모두 열매달림하거나 또는 낙화, 낙과가 일어나 거의 열매달림이 안 되는 경우도 있다. 일반적으로 하단에서는 착화 수가 적어 대과가 되기 쉽고, 상단에서는 소과가 되기 쉽다. 보편적으로 하단 화방에는 4~5개, 상단에는 초세가 약해지므로 3~4개 열매달림 되도록 해주는 것이 바람직하다. 열매와 줄기의 균형도 맞추어 준다. 줄기가 가늘어지면 열매 숫자를 줄여주고 줄기가 굵어지면 1개 정도 더 달려도 좋다. 방울토마토는 보통 열매솎기를 하지 않는다.

토마토는 여름철부터 가을까지 열매가 달리는 식물이기 때문에 웃거름을 주어야 한다. 바로심기 후 2개월쯤 1차 웃거름을 주고 이후 약 한달 간격으로 퇴비나 액비를 준다. 열매는 꽃이 핀 후 4~5일부터 25~26일 사이에 빠르게 성장하여 당분 함량이 증가하면서 대체로 개화 후 40~50일이면 고유의 색깔이 착색되어 성숙된다.

생리장해와 병해충에 대한 대책도 중요하다. 생리장애로는 배꼽썩음과, 공동과, 기형과, 창문과, 줄썩음과, 열과, 착색불량과, 그물과 등이 있다. 이 중 노지에서 자주 발생하는 열매가 갈라지고 터지는 열과는 건조한 날이 계속되다 비가 오거나 장마기에 발생한다. 주요 병충해로는 잿빛곰팡이병, 역병, 풋마름병, 시들음병, 바이러스병, 온실가루이, 파밤나방, 복숭아흑진딧물 등이 있다.

〈재배실전 6〉

호박

박과로 자웅동주 덩굴성 한해살이 식물이다. 중앙남아메리카가 원산지로 알려져 있다. 따뜻한 기후를 좋아하며 물 빠짐이 좋은 토양이 재배에 좋다. 품종으로 단호박, 맷돌호박, 애호박, 주키니 등이 있다. 재배유형으로는 촉성재배, 반촉성재배, 조숙재배, 여름재배, 억제재배 등이 있다. 노지에서는 일반적으로 여름재배가 행해지며 4월 중순~5월 중순 사이에 씨 뿌려 6월 하순~8월 하순에 수확한다.

모기르기하는 경우 32공 트레이나 작은 포트에 씨 뿌려 본잎 5~6장 때 6월 상순~6월 하순에 바로심기 한다. 3월 하순에서 4월 상순 사이에 씨 뿌려 온상 육묘한다. 서리의 위험이 없는 노지재배를 위해서는 남부지방은 5월 상순, 중부지방은 5월 중순 정도에 바로심기 한다. 바로심기는 싹트기 후 50~55일 본잎이 5장 정도일 때가 적당하다. 심는 거리는 덩굴이 많이 뻗는 동양종과 덩굴이 뻗지 않는 페포종에 따라 다르다. 덩굴이 뻗는 풋호박이나 애호박은 1.5~1.8m×0.6~0.9m로 페포종은 1.2~1.5×0.6~0.9m로 심는다 (심는 거리는 덩굴성은 1.5×0.45~0.6m, 비덩굴성은 1.0~

1.5×0.4∼0.6m이다). 재배하는 품종은 3종류이다.

　우리나라에서 재배하는 호박은 중앙아메리카 또는 멕시코 남부의 열대 아메리카 원산의 동양계 호박(C. moschata), 남아메리카 원산의 서양계 호박(C. maxima), 멕시코 북부와 북아메리카 원산의 페포(C. pepo)의 3종이다. 역사가 가장 오래된 것은 한국에서 예부터 애호박, 호박고지용, 호박범벅 따위로 이용해온 동양계 호박이다. 그 후 쪄먹는 호박 또는 밤호박으로 불리는 주로 쪄서 이용하는 서양계 호박이 도입되었다. 제2차 세계대전 후 조숙재배용이나 하우스 촉성재배용으로 이용된 호박, 곧 주키니 호박이라 불리며 덩굴이 거의 뻗지 않는 애호박용의 페포계 호박이 도입되었다.

　관리상으로는 대개 순지르기를 하여 줄기를 유인해주어야 한다. 애호박이나 풋호박은 덩굴성이므로 어미 덩굴과 2∼3개의 아들 덩굴을 기르는 방법과 어미 덩굴을 바로심기 하기 전 어릴 때 순지르기를 하여 아들 덩굴 3∼4개를 키우는 방법이 있다. 아들덩굴은 3

~5마디 사이에 나오는 세력이 좋은 것을 키우고 다른 것들은 어릴 때 일찍 제거해 주는 것이 좋다.

- 모샤타(Moschata)계통 : 암꽃이 10마디 내외에서 착생하며 그 후 3~4마디마다 암꽃이 달린다. 5~6마디에서 순지르기를 하여 좋은 덩굴 2줄만 키우고 나머지는 제거하는 것이 좋다.
- 맥시마(Maxima)계통 : 덩굴의 14~18마디에 암꽃이 착생한 후 4마디에 2번째 암꽃이 달린다. 어미덩굴과 2~3개의 아들덩굴을 기르거나 어미덩굴을 바로심기 하기 전에 순지르기하여 아들덩굴 3~4개를 키운다.
- 페포(Pepo)계통 : 호박은 대개 덩굴성이나 페포계는 덩굴을 뻗지 않고 군생한다. 품종으로 주키니 호박이 있다. 이 호박은 유인을 하지 않아도 된다.

호박은 한 그루에 암·수꽃이 따로 피기 때문에 인공수분 해주어야 잘 자란다. 암꽃 착생은 8시간 정도의 단일조건에서 촉진되며, 고온 및 질소 과다에 의한 암꽃 분화가 늦어질 수 있다. 수확은 청과용인 주키니, 애호박, 풋호박은 열매달림 후 7~10일이면 가능하며 숙과용 호박은 개화 후 35~50일 지나 황색이 된 것을 수확한다. 비가림 재배 시 노지재배 대비 증수효과가 있으며 최근에는 정형과 생산과 품질 향상을 위해 봉지를 씌워 키우는 재배가 확산되었다. 호박은 조리가 다양하고 가공 분야가 의외로 넓다. 호박꼬지, 떡, 엿, 죽, 조림, 가루 등으로 두루 활용된다. 병해충으로는 모잘록병, 흰가루병, 역병, 노균병, 진딧물, 응애 등이 있다.

<재배실전 7>

수박

박과의 덩굴성 식물로 아프리카가 원산지이며 여름을 대표하는 소비자 선호도가 높은 열매채소다. 호온성 작물이며 병해가 많은 편이다. 열매크기, 모양, 과육색깔, 시기, 당도 등에 따라 분류된다. 이름도 참 다양해서 꿀, 감로, 달고나, 참다라, 달, 달덩이, 금, 금메달, 황금수박이 있고 씨없는 수박도 있다. 최근에는 기능성수박, 컬

러수박이 보급되고 애플, 망고수박 같은 품종이 틈새작물로 재배된다.

일반 작형은 4월 중하순에 씨뿌림하여 5월 중하순 바로 심기하고 8월에 수확한다. 이랑 사이 250cm 주간 90cm 간격으로 심는다. 밑거름을 충분히 주고 바로심기 후 30일경에 1차 웃거름을 주고 30일 뒤에 2차 웃거름을 준다.

수박 열매는 아들가지에서 맺히게 재배한다. 3~4개 덩굴이 나오면 어미덩굴의 순을 지르고 아들넝쿨을 2~3가지 키운다. 포기당 2~3개 자라게 관리하고 아들넝쿨의 13~18마디 정도 되는 곳의 잘 개화한 암꽃을 수정시켜 키운다. 나머지 꽃은 모두 따준다. 수박 열매가 맺히고 잎과 덩굴이 번성하게 되면 잎 사이로 나오는 순도 모두 잘라주며 1포기당 2개를 열매달림시켜 키운다. 덩굴과 순 관리

를 소홀히 하면 바라는 수확을 기대할 수 없다.

이어짓기 장애와 생리장애가 발생하며 병해충으로는 역병, 탄저병, 균핵병, 흰가루병, 갈색점무늬병, 바이러스병, 총채벌레, 굴파리, 뿌리혹선충 등이 있다.

(3) 잡초

잡초라는 말은 순전히 인간의 입장에서 지어진 이름이다. '사람이 자라기를 바라지 않거나 바라지 않는 곳에 자라는 식물, 사람의 목적이나 활동 등을 방해하거나 경합하는 식물, 경지나 생활지 주변에서 자생하는 초본성 식물'이라고 잡초를

냉이

정의하고 있다. 벼농사의 경우 피는 아주 골치 아픈 대표적인 잡초다. 그러나 반대로 피를 재배하는 농민이라면 재배지에 벼가 자라 올라오면 벼가 잡초인 셈이 되어 벼를 뽑아야 한다. 잡초라는 정의는 인간의 목적이 우선하는 것이다.

철학자이자 시인인 랠프월도에머슨(Ralph Waldo Emerson)이 잡초에 대해 "아직 그 가치를 발견하지 못한 식물"이라 한 것처럼, 잡초를 '가치가 평가되지 않는 식물'이라고 보는 것이 잡초에 대해 균형 있는 시각이 아닐까 생각한다. 물론 잡초는 좋지 않은 환경에서도 번식이 잘 되고 생존력이 커서 재배작물과 경

합하고, 병해충을 매개하고, 물 흐름과 빠짐을 방해하고, 작업환경을 악화시켜 생산성을 떨어뜨린다. 그러나 잡초는 의외로 감춰진 유용 가치가 큰 식물이다. 현실로 눈을 돌려보면 예전에는 뽑아 버리는 잡초였지만 달래, 냉이, 쑥처럼 새로운 유용성이 드러나 재배식물로 되는 예가 많다.

이외에도 잡초는 땅을 덮어 토양 침식 방지하는 바닥덮기 역할을 비롯하여 토양에 유기물을 제공하고, 곤충의 먹이가 되며 서식처를 제공하고, 약료, 염료, 향료, 향신료 등의 원료가 되기도 하고(반하, 쪽, 꼭두서니 등), 효소의 재료가 되고(쇠비름) 실내외 관상식물로도 이용된다(방동사니).

■ 잡초의 종류
① 생육기간 : 1년생 잡초, 2년생 잡초, 여러해살이 잡초
② 수습(水濕) 적응성에 따른 분류 :
- 수생잡초 : 쇠털골, 물달개비
- 습생잡초 : 둑새풀
- 건생잡초 : 냉이, 개비름
③ 발생 시기에 따른 분류
- 여름형 : 3~4월 발생, 4~6월 번성기(명아주, 강아지풀)
- 월동형 : 9~10월 발생, 월동 전후 번성기(냉이, 속속이풀, 개미자리)
④ 광발아 씨앗 : 바랭이, 쇠비름, 참방동사니, 소리쟁이, 메귀리
　　　암발아 씨앗 : 냉이, 광대나물, 독말풀, 별꽃

주요 잡초

식물학 분류상으로 세계적으로 문제가 되는 잡초의 상위 3개과는 벼과, 국화과, 방동사니과(사초과)다. 이 중 벼과에 가장 많이 속해있다. 여름철 밭에서 문제가 되는 주요 잡초는 바랭이, 쇠비름, 명아주, 여뀌, 깨풀 등이며, 벼농사의 대표적 여러해살이 잡초는 올방개, 벗풀, 올미, 너도방동사니, 올챙고랭이 등이고, 1년생 잡초는 피, 여뀌나물, 물달개비, 사마귀풀, 논뚝이풀, 뚝새풀 등이 알려져 있다.

잡초의 방제는 친환경 농업에서 어려운 문제에 속한다. 잡초는 재배작물이 싹이 튼 초기 일정기간(초관 형성기부터 생식 생장기 이전까지) 서로 경합한다. 이 시기에 그대로 놔

쇠비름

두면 대개 작물은 빠르게 성장하고 번식하는 잡초 세에 밀려 수확을 할 수 없는 지경에 이른다. 특히 여름에는 한두 주 방치하면 풀밭 세상이 되어버린다.

잡초를 방제하는 방법은 손, 호미 등으로 제거하거나 농자재를 이용하는 것이다. 직접 풀을 매는 농업노동을 김매기, 지심매기라고 한다. 농자재로는 그동안 제초제를 이용해 왔다. 그러나 친환경농업에서는 제초제 사용이 금지되어있다. 그래서 친환경농업에서는 바닥덮기를 통해 제초하고 있는 것이 일반적이다. 바닥덮기

의 재료는 볏짚, 낙엽 같은 식물을 사용할 수 있지만 일반 농가의 경우 합성 비닐을 가장 폭넓게 사용하고 있다.

비닐의 이용

밭에 비닐을 덮게 되면 몇 가지 효과가 있다. 첫째는 보습효과. 땅으로 부터 수분 증발을 막아주기 때문에 작물생육에 절대적인 습기를 유지해 준다. 둘째로는 보온효과. 봄철 특히 일교차가 심해서 비닐을 덮어주게 되면 추위와 눈의 피해를 줄일 수 있다. 처음 비닐을 사용하게 된 이유는 보온, 보습효과 때문이 아니었을까 생각한다. 셋째는 일찍 심어 생육 시기를 앞당길 수 있기 때문에 일찍 수확해 판매할 수 있다. 넷째는 풀 관리 때문이다.

   농사에 비닐을 사용하게 된 것은 처음에는 보온, 보습, 생육시기 조절이 주요 목적이었을 것 같은데 지금은 그에 못지않게 넷째의 풀 관리가 빠지지 않는 목적이 되었다. 비닐을 덮게 되면 풀이 올라오지 못해 풀 매는 노동을 크게 줄여주기 때문이다.

풀은 여름 농사의 가장 힘든 상대다. 아무리 열심히 풀을 매도 자라 오르는 풀을 이길 수는 없고 기권 패 안 당하는 게 최선이다. 판정승 없다. 풀 죽이는 제초제를 사용하면 제초 노동을 줄일 수 있지만, 치지 않는 농가는 풀과 벌이는 씨름이 난제일 수밖에 없다. 그래서 친환경 농사를 짓는 농가의 경우에도 비닐을 덮지 않고서는 감당해낼 수 없어서 대부분 두둑은 비닐로, 골은 부직포로 덮는다.

이런 몇 가지 이유로 지금 농촌에서는 거의 모든 농가가 비닐을 사용하는 것이 일반적 관행으로 되어 있는데, 전국적으로 사용하는 양을 계산해 보면 실로 상상을 초월하는 수준이 될 것이다. 다행히, 거둔 폐비닐은 마을마다 적치장이 있어서 수거하여 재활용하고 있다.

현실적으로 볼 때 농사에 비닐의 이용은 불가피한 측면도 있다. 멀칭비닐을 사용하지 않고 농사짓는 사람도 있다. 과다한 비닐을 사용하고 싶지 않지만 어쩔 수 없다는 뜻이다. 비닐값도 비싸다. 농사에 투입되는 주요 농자재와 에너지는 철과 석유류이고 현재 자본주의가 석유(의존)문명인데 농업이라고 비켜나갈 수 없다. 유기농업을 지향하는 농가의 경우 비닐 아닌 짚이나 낙엽 등을 이용해 땅을 덮어주기도 하지만 재배면적이 늘어 가면 노동력을 감당해내기가 어렵다.

밭의 비닐 걷는 일도 간단한 일은 아니다. 흙에 파묻힌 비닐은 잘 걷히지 않고 또 햇볕에 삭아 탄력을 잃어 갈기갈기 찢어지는 가 하면, 특히 옥수수를 심은 밭은 옥수수 뿌리 밑동이 비닐을 붙잡고 있어서 너덜너덜 찢겨 나가 비닐이 남게 된다. 신경 써서 거둔다 해도 밭에는 보기 싫은 비닐 잔해가 남기 마련이다. 그래서, 거두고 미처 수거하지 않은 비닐이나 조각은 세찬 봄바람이라도 불게 되면 주변 산하로 흩어져 날린다. 길게 늘어진 비닐은 나뭇가지에 걸려 만장처럼 휘날리고, 전봇대 전깃줄에도 걸려 누군가가 거두어주기를 기다리고, 냇가로 날아간 비닐은 물이 불어 흐르면 천변 나뭇가지와 바위 여기저기 걸려 바람에 부대낀다. 시골 풍경을 을씨년스럽게 만들고 만다.

벼농사 · 소로리 볍씨

       지역에 따라 벼는 '나락', '베'라고도 부른다. 한국인의 주곡이다. 전체 경지면적 158만ha 중 논 면적은 78만ha이다(2021년). 쌀 생산량은 388만 톤(2021년)이며 1인당 연간 쌀소비량은 56.9kg(2020년)이다. 논 면적, 쌀의 생산량과 소비량 모두 해마다 감소하고 있다. 쌀 소비량이 가장 많았던 해는 1970년으로 136.4kg이었다.[20] 소비량이 줄고 있어도 한국인의 주식·주곡으로 고픈 배를 채우는 작물은 여전히 쌀이다.

---

20) 쌀생산량(2015~2021년) : 433→ 420→ 397→ 387→ 374→ 351→388 만 톤 / 1인당 쌀소비량(2013~2020년) : 67.2→ 65.1→ 62.9→ 61.9→ 61.8→ 61.0→ 59.2→ 57.7→56.9kg

주곡이라는 것은 나라로 말하면 주권 같은 것이어서 주곡이 무너지면 나라가 위태롭다. 선진국 대부분이 식량을 자급하고 있고, 자급이 안 되는 나라는 자급률을 올리는 장기정책을 꾸준히 시행하고 있음을 보면 우리나라가 쌀 정책을 어떻게 가져가야 할지는 명확히 드러난다. 2015년부터 쌀수입이 개방된 시점에서 쌀이 그나마 오롯이 지켜왔던 주곡의 앞날이 갈수록 위태롭다.

(1) 벼농사 일머리

벼농사는 4월에 시작된다. 모내기 철인 5월 중순~6월 초순에 맞춰 모를 내려면 먼저 볍씨를 고르는 것이 일머리다(양은 4~5kg/300평). 씨고르기(선종)는 소금물을 이용한 '염수선(鹽水選, 비중선)' 방법으로 하는데 물 한 말(18ℓ)에 소금 약 4.5kg을 비중이 1.13 되게 풀고 볍씨를 담근 다음 물 위로 뜬 것은 건져내고 가라앉은 볍씨를 이용한다. 알차고 충실한 씨앗을 골라내는 과정이다. 씨앗량은 3kg/300평 정도다. 고르는 시간은 3~5분 이내 정도로 마치고 물로 소금기를 세척해 준다. 염수선은 건묘율을 높이며 모도열병, 입고병, 심고선충병에도 방제 효과가 있다.

- 비중 : 벼·보리 1.13 밭벼 1.08~1.10 밀 1.22 몽근메벼 1.13 까락있는 메벼 1.10 찰벼 밭벼 1.08.
- 품종: 벼는 다양한 품종이 분화되어 있다. 올벼, 중생벼, 늦벼, 찰벼, 메벼, 밭벼, 추청벼, 다마금(자광벼), 돼지찰벼, 조도, 족제비찰벼, 녹미, 흑미.
  기능성 쌀 : 백진주(당뇨), 설갱(쌀누룩, 양조), 고아미2호(변비, 다이어트), 영안(영양건강식, 유아식용)

골라낸 볍씨는 다시 씨앗소독 과정을 거쳐야 한다. 볍씨의 곰팡이, 세균 등을 씨뿌림 전에 소독해줌으로써 건강한 모를 기르기 위해서다. 그동안 볍씨 소독은 화학농약(씨앗소독약제)으로 소독해왔지만 친환경 벼농사는 그러한 약제를 사용할 수 없다. 친환경 벼농사의 볍씨소독은 '냉온탕선종법(cold&hot water treatment)'을 많이 이용하고 있다. 키다리병, 선충병, 입고병, 도열병 등에 방제 효과가 있다.21) 볍씨 소독에 요구되는 온도, 시간은 재배 농가와 품목에 따라 조금씩 차이가 있을 수 있다.

1) 20℃ 이하 냉수에 6~24시간 담근다.
2) 60℃ 물에 10분 ~ 15분 담근다.
3) 지하수 등 상온수에 10분 이상 담가 식혀준다.

이렇게 냉온탕 소독을 마친 볍씨는 싹트기에 필요한 수분을 흡수하도록 물에 푹 담그고 물을 매일 갈아준다. 씨담그기 기간은 온도에 따라 달라지는데 적온으로 100℃ 정도가 필요하다. 예를 들면 평균기온이 20℃라면 5일 정도 걸린다.

씨담그기로 수일간 물을 충분히 흡수한 볍씨가 1mm 내외의 싹을 틔우면 물 빼서 그늘에 보관했다가 씨뿌림에 들어간다. 수도용 상토를 담은 모판상자 한 판에 약 110~130g(관행), 70~100g(유기)의 볍씨를 뿌리고 상토를 가볍게 덮은 다음 물을 충분히 뿌려주고 육모 과정으로 들어간다.

■ 망종(芒種) : 24절기 중 아홉 번째로 소만(小滿)과 하지(夏至) 사이이다. 양력으로 6월6일 경이며, 음력으로 4월 또는 5월에 든다. 씨를

---

21) 다른 볍씨 소독법 : 황토유황합제, 석회유황합제, 목초액, 식물추출물 등을 이용한다. 자재이 회서비아 시간은 제품과 품목에 따라 다를 수 있으니 확인하여 사용한다.

뿌리기 좋은 시기라는 뜻으로 모내기와 보리 베기가 이뤄진다. 본래 뜻은 벼나 보리 따위 같이 *까끄라기*가 있는 곡식을 말한다.

육모중인 벼

(2) 친환경 논농사

모내기를 마치면 본격적으로 논 관리에 들어가게 된다. 벼의 성장은 '모내기 - 분얼기 - 무효분얼기 - 수잉기 - 발수기 - 등숙기'를 거친다. 논농사의 가장 큰 어려움이 무엇일까. 도열병, 이화명충, 애멸구, 혹명나방 등 병충해방제, 물관리 등 여러 작업마다 쉬운 것이 없을 테지만 제초작업도 그중 하나다. 논농사는 풀과의 싸움이었다. 논에 자라 오르는 풀을 방치하고선 밥을 먹을 수 없다. 논은 담수된 영역이기 때문에 수생 잡초가 번성하는데 논이라는 특이 환경이 작업을 더욱 힘들게 한다. 6~8월 강한 뙤약볕이 내리쬐는 나무 한 그루 없는 들판에서 발이 푹푹 빠지는 진흙탕 논과 씨름하듯 물 텀벙거리며 허리 구부리고 피사리를 해 보면 알 것이다.

일반 벼농사는 제초제를 사용해 풀을 잡는다지만 제초제를 사용할 수 없는 친환경 벼농사의 경우 어떻게 해야 할까. 그래서 나온 것이 우렁이농법, 오리농법이다.

왕우렁이 농법

대표적인 친환경 벼농사 농법이다. 모심기 전 논은 수평을 잘 골라준다. 모내기 하고 1주일 쯤 지나 모가 흙내를 맡아 자리를 잡으면 논에 새끼우렁이 5kg(10a당)을 넣어준다. 우렁이는 지역농협이나 공동작목반을 통해 공급받는다. 왕우렁이는 외래종으로서 우리나라 종과 다르다. 우리나라 우렁은 겨울에 월동을 하는 반면 이 종은 월동을 못하는 등 상이한 특징을 가지고 있다. 특히 왕우렁이는 논에 풀어놓으면 왕성한 생식으로 개체 수가 늘어 논바닥에서 싹 터서 올라오는 풀씨를 깨끗이 청소하듯 먹어 치워준다. 우렁이 농법은 우렁이의 생태 특성을 이용한 것이다.

오리 농법

오리농법도 우렁이농법 못지않게 널리 보급된 친환경 벼농사 농법이다. 모내기 1~2주 후 10a당 2주령 오리 25~30마리를 입식시켜 출수 전에 철수시키는 방법으로 진행된다. 오리는 논에서 벼 사이사이를 이동하며 잡초의 생육을 막아준다.

현재 친환경 논농사는 우렁이와 오리를 이용한 농사가 대부분을 차지하고 있는데 이 이외에도 쌀겨농법, 참게농법 등이 있다. 쌀겨농법은 모내기 전후 쌀겨를 살포 후(200kg/300평) 10~20일경 지나 발효되면서 논 잡초의 싹트기 및 생육을 억제하는 물질을 생성하는 성질을 이용한 농법으로 비용이 저렴하고 비료 효과가 있다는 장점이 있으나 여러해살이 잡초에 효과가 없다는 단점이 있다. 참게농법은 해충과 잡초를 방제해주고 땅을 뒤집는 활동 등 참게의 성질을 이용한 농법으로 모내기 후 5월 중순경 논에 방사한다 (3만마리/천 평/1cm).

■ **볏짚 환원**

우리나라 논 토양의 유기물 함량은 일반적으로 적정 범위인 2~3%에 비해 턱없이 부족하다. 유기물 함량을 높이는 좋은 방법 중 하나는 논에 볏짚을 되돌려주는 것이다. 최근에는 볏짚을 팔아버리니 안타깝다. "볏짚을 잘게 잘라 18㎝ 이상 가을갈이에 시용하면 이듬해 고품질 쌀 생산에 도움이 된다. 땅속에 묻힌 볏짚이 분해되면서 질소, 인산, 칼륨, 규산 등 다양한 양분을 토양에 공급하기 때문이다.

한해 평균 볏짚 생산량은 대략 10a당 600kg으로 이 중 유기물은 174kg, 요소 9.3kg, 용과린 28.5kg, 규산 252kg 등이 함유되어 있다고 알려져 있다. 볏짚에 들어있는 모든 영양분을 돈으로 환산하면 16~19만원 정도로 추산되며 이는 곤포사일리지 한 개당 3~5만원 정도에 거래되는 것을 감안하면 볏짚을 판매할 경우 대략 11~16만원을 손해 보는 셈이라고 할 수 있다."[22]

볏짚을 논에 되돌리면 땅심이 증진되고, 논에 이로운 미생물이 증식되며, 토양의 물리화학성이 좋아져 결과적으로 색깔, 맛 등 쌀 품질의 향상을 가져올 수 있다. "유기물이 부족한 논에게 볏짚은 보약과 같다"는 것은 이를 두고 한 가르침이다.

■ **도정이란? 현미, 5분도미란?**

벼에서 현미를 만든 다음 이것을 다시 백미로 만드는 과정을 '도정'이라 한다. 도정은 제현과 정백의 과정을 거쳐 이루어진다. 벼의 겉껍질을 제거하는 것을 제현 또는 탈각이라 하며 표피를 싸

---

22) 충북일보(2014.11.3)

고 있는 겉껍질 부산물을 왕겨라고 한다. 제현율은 중량으로 78
~80%, 용량으로 55%에 해당한다.

벼의 껍질을 제거하고 나면 다시 쌀겨층과 쌀눈(배아)을 제거하
는데 이를 정백이라고 한다. 쌀눈을 제거하는 정도에 따라 정백
미, 7분도미, 5분도미로 나뉜다. 백미는 현미에서 쌀겨층과 쌀눈
을 깎아 현미 중량의 93% 이하로 도정한 것이고, 7분도미는 현
미를 깎아 쌀눈과 쌀겨층을 30% 정도 남기고 현미 중량의 95%
정도가 되게 한 것이며, 5분도미는 쌀눈과 쌀겨층의 50% 정도
남게 한 것으로 현미 중량의 97% 정도다. 부산물은 쌀겨다. 쌀눈
에는 66%, 쌀겨층에는 29%, 백미에는 5%의 영양분이 들어있다
고 하니 어떻게 먹을지 생각해 볼 일이다.

한반도 농사의 기원과 소로리 볍씨

인간이 농경을 시작한 것은 대략 1만 년 전 신석기 초기로 보
고 있다. 그전에는 자연채취, 사냥, 어로 등을 통해 식품을 확보
했다. 유목생활이 정착생활로 변화하고 유용작물과 재배를 알아
가게 되면서 농경법을 익혀왔다.

농경의 발상지는 황하, 양자강, 인더스, 갠지스강, 티그리스
강, 나일강 등 큰 강 유역과 마야, 에티오피아지역, 잉카 등과
같은 산간부, 또는 해안지대가 중심이었다. 정착하여 번성한 곳
들은 대개 큰 범람원을 낀 지역이었고 농경도 이러한 지역을 중
심으로 확산되어갔다.

한반도에서는 경기도 연천군 전곡리에서 1978년 4월에 발견
된 주먹도끼와 가로날도끼 등 아슐리안계 구석기유물은 한반도
의 구석기 문화가 멀게는 20만 년 전, 가깝게는 약 4만5천 년
전에 존재하였음을 시사한다. 우리나라 작물 재배의 기원은 구

석기 및 신석기시대의 발달과 맥을 같이 하였을 것이다.

우리나라에서 논농사는 언제 시작되었을까. 논농사의 대표 작물인 벼는 언제 한반도에 들어오게 되었을까? 한반도에서 쌀을 먹기 시작한 것은 학계 정설로는 길어야 5천년 전을 넘지 않는 것으로 추정되어왔다. 이를 뒷받침하는 유력한 증거물, 탄화미들은 한반도 여러 곳에서 발견되었다. 다음은 그 목록이다.

- 경기도 고양군 일산읍 유적의 이탄층에서 발굴된 벼 껍질의
  탄소연대 측정 4천500~5천년 전(1991년).
- 경기도 김포군 통진면 가산리를 중심으로 한 한강 하류 주변의
  이탄층에서 출토된 벼는 약 4천년 전(1991년).
- 경기도 여주군 점동면 흔암리 한강변 유적 탄화미는 3천년 전
  (1977년).
- 평양시 호남리 남경 유적지 탄화미 3천년 전.
- 충남 부여군 송국리 2천6백년 전(1974년).
- 경남 김해 유적지 탄화미 2천1백년 전.

소로리 고대벼

유사벼 출토사진

사진출처 : 소로리볍씨사이버박물관(http://www.sorori.com)

한반도에서 재배되기 시작한 벼는 중국을 통해 전래되었다는 것이 학계의 정설이었다. 벼는 1만년 이전에 아시아에서 재배되기

시작한 것으로 추정되어 왔는데 기원지로 인도의 아삼, 미얀마 및 라오스의 북부를 거쳐 중국 운남성에 이르는 지역이 꼽힌다. 세계적으로 공인된 것은 중국 호남성 옥섬암(玉蟾岩) 유적과 강서성 선인동(仙人洞) 동굴에서 발견된 벼로 각각 1만1천년, 1만5백년 전까지 거슬러 올라간다. 일본의 경우 현재까지의 정설은 한반도를 경유하거나 남부 큐슈지역을 통해 약 3천년 전으로 전파되었을 것으로 본다. 그런데 이 같은 학설들은 2002년 중대한 전환을 맞게 된다. 1만5천년 전의 볍씨가 충북 청원군 옥산면 소로리에서 1997년부터 2001년 사이 조사와 발굴의 결과 1만5천년 전후의 볍씨 59톨이 출토되었기 때문이다. 지금까지 가장 오래됐다고 알려진 중국 볍씨보다 4천년이 앞선다. 이는 미국의 방사성 탄소 연대 측정연구소인 지오크론(Geochron)과 서울대 연구소 두 기관에 의해 확인되었고 세계적으로도 인정됐다.

전자제품, 선박, 대형건물 같은 것들이야 현대기술로 만들 수 있지만 지난 시기의 문화유산은 아무리 기술이 발달해도 한 조각도 만들어내지 못한다. 특히 그것이 농업과 연관된 문화유산이라는 점에서 시사점이 많다.

농부가

벼농사에 빠질 수 없는 문화가 있으니 모내기다. 지난 농경사회에서 모내기는 가장 중요한 마을 행사였음은 말할 것 없겠지만 모심기 노동이 완전히 기계에 의존하기 전에는 꽹과리, 태평소, 장구, 북 등 풍물을 치며 공동으로 모내기를 했다. 논바닥에 모를 내놓으면 여러 농부가 가로로 늘어서서 못줄 움직임에 맞춰서 한모한모 논에 모를 꽂아 가는데, 여기에서 빠지지 않는 노래가 '농부가'다. 농촌에서는 이앙기로 모내기를 해버리니 못줄 잡으며 한자락 농부가를 할 일이 없어졌다.

반면에 도시에서는 한두 마지기 정도 좁은 논에서 직접 손모내기를 하며 농부가를 부르기도 하며 농업 문화를 경험한다. 벼 재배교육과 체험이 이루어지고 풍물 장단에 어울려 민요를 부르며 흥에 넘쳐 모내기를 한다. 농부가는 우리 전통 가락인 삼박으로 중모리, 중중모리, 자진모리 가락으로 되어있다. 모를 심다 한 농부가 허리를 펴고 아니리를 하며 농부가를 시작하자 매기며 받으며 아리랑, 모심기노래가 이어진다.

이때는 어느 땐고 허니 오뉴월 농번 시절이라
마을 농부들이 보리밥 막걸리를 배불리 먹고
상사소리를 허여 가며 모를 심는 디~

〈중모리〉
두리둥둥 두리둥둥 깨갱매 깽매 깽매
어럴 럴 럴 상사듸여
여~ 여~ 여허~ 여허루 상사듸여
여보시오 농부님네 이내 말을 들어 보소
어어화 농부들 내말 듣소

전라도라 허는 디는 신산이 비친 곳이라
저 농부들도 상사소리를 매기는디
각기 저정거리고 더부렁 거리네

남훈전 달 밝은 듸 순 임금의 놀음이요
학창의 푸른 대솔은 산신님의 놀음이요
오뉴월이 당도허면 우리농부 시절이로다
패랭이 꼭지에다 가화를 꼽고서 마구잡이 춤이나 추어보세

신농씨 만든 쟁기 좋은 소로 앞을 내어
상하평 깊이 갈고 후직의 본을 받어 백곡을 뿌렸으니
용성의 지은 책력 하시절이 돌아왔네

이마 우에 흐르는 땀은 방울방울 향기 일고
호미 끝에 이는 흙은 댕기댕기댕기 황금이로구나

저 건너 갈미봉에 비가 묻어 들어온다
우장을 허리 두르고 삿갓을 써라

한 농부가 썩 나서더니 모포기를 양손에 갈라쥐고
엉거주춤 서서 매기는 구나

〈중중모리〉
어화 어화 여허루 상사듸여
여보소 농부들 말 듣소 어화 농부들 말 들어

다 되었네 다 되어
서마지기 논빼미가 반달만큼 남었네
지가 무슨 반달이냐 초생달이 반달이로다
어화 어화 여허루 상사듸여

내렸다네 내렸다네

아니 뭣이 내려야 전라어사가 내렸다네
전라어사가 내렸으면 옥중 춘향이 살었구나
어화 어화 여허루 상사되여

우리가 농사를 어서 지어
팔구월 추수허여 우걱지걱으 걷어 들여다가
물좋은 수양수침 떨크덩 떵 방아를 찧세
어화 어화 여허루 상사되여

우리 남원은 사판이요 어찌 허여 사판인가
우리골 사또는 놀 판이요 거부장자는 뺏기는 판
육방관속들은 먹을 판 났으니
우리 백성들은 죽을 판 이로다

떠들어온다 점심 바구니 떠들어온다
어화 어화 여허루 상사되여

〈자진모리〉
다되어간다   다되어간다 어럴럴럴 상사되여
이논배미를 어서 심고 어럴럴럴 상사되여
각자 집으로 돌아가서 어럴럴럴 상사되여
풋고추 단된장에 보리밥쌀밥 많이 먹고 어럴럴럴 상사되여
거적이불을 뒤집어쓰고 어럴럴럴 상사되여
이러고저러고 어쩌고저쩌고 새끼농부가 또 생긴다
어럴럴럴 상사되여

3. 가을 - 겨울

입추(立秋)	8월 7일경	가을로 들어선다
처서(處暑)	8월 23일경	더위가 제 집으로 돌아간다
백로(白露)	9월 7일경	이슬이 내리기 시작한다
추분(秋分)	9월 23일경	밤이 점차 길어진다
한로(寒露)	10월 8일경	찬 이슬이 내린다
상강(霜降)	10월 23일경	서리가 내리기 시작한다

화무십일홍(花無十日紅), 꽃이 예쁜들 날이 가면 지고, 녹음방초(綠陰芳草)를 이기지 못하듯, 기세 좋던 여름도 8월 초순이 되면 제 돌아갈 곳을 찾기 시작한다. 가을이 오기 때문이다(입추). 가을이 문을 들어와 몰아내니 마침내 힘에 밀려 더위가 제 갈 곳을 찾아 기어드는 절기가 처서다. 사람도 입추가 지나면 발로 차 내던 요와 이불을 끌어당기고, 모기도 처서가 되면 입이 삐뚤어진다지 않은가.

이때의 철은 다시 서늘한 온도를 되찾아 씨뿌림이 시작된다. 서늘한 기후를 좋아하는 작물이 대상이 된다. 가을 농사다. 여름 더위에 심을 것 없었던 철이 다시 씨 뿌리는 철로 돌아와서 배추, 갓, 당근, 무, 순무, 쪽파, 고들빼기 등 가을 농사가 시작되는 것이다. 가을 대표적인 농사는 김장채소 재배다.

■ 가을 김장채소 씨뿌림 시기
배추(8월 중순) / 무(8월 하순~9월 초순) / 쪽파(8월 하순~9월 중순) / 갓(8월 하순) / 돌산갓(8월 중하순) / 순무(8월 하순~9월 초순) / 당근(7월 하순~8월) / 아욱. 치커리. 방풍. 쑥갓. 시금치

(9월) / 고들빼기(7월 하순~8월 중순, 10~12월, 다음해 3월 수확) / 파(8~9월 바로심기, 다음해 4월 수확) / 채심(8월 중순, 10~11월 수확)

〈재배실전 8〉

배추

배추과(십자화과) 식물로 중국이 원산지다. 서늘한 기후를 좋아한다. 한국인의 대표적 발효음식인 김치의 식재료로써 전국적으로 재배한다. 특히 영월, 정선 등 강원도 고랭지배추가 6월~9월에 출하되고 전남 해남지역 등의 월동배추가 2월 말 무렵까지, 다시 봄에는 시설을 이용해 재배한 봄배추가 5월 말 무렵이면 수확하고, 가을에는 김장배추가 나오면서 배추는 봄, 여름, 가을 할 것 없이 재배가 이루어지고 있다.

날씨와 작황에 따라 해마다 재배면적과 생산량, 가격의 등락이 심한 작목이기도 하다. 배추는 보통 1망(3포기,약10kg)을 단위로 하여 시장에 나오고 있는데 1망 당 수천 원부터 1~2만 원 사이로 움직이며 생산비도 못 건져 밭을 갈아엎고 폐기하는 폭락과, 날씨 탓으로 수확이 줄어 가격이 오르며 금치로 불리는 폭등을 오가며 파동을 반복하는 작물이기도 하다.

배추 씨앗은 여러 품종이 시판되고 있다. 품종에 따라 특성의 차이가 심하여 재배시기, 재배지역의 기후조건, 병해충저항성, 토양조건, 시장성을 고려하여 선택한다. 배추는 크게 결구[23], 반결구, 비결구 품종으로 구분된다. 지금은 대부분 배추 속이 차는 결구형을 주로 재배하며 조선배추, 개성배추 같은 예전의 비결구 배추를 찾아보기 힘들게 되었다.

김장용 배추의 씨뿌림은 직파와 육묘가 가능하나 최근에는 육묘 재배가 일반적이다. 씨뿌림 시기는 가을재배인 경우 8월 상중순에 씨뿌려 모기르기하여 8월 하순~9월 초순 바로심기 하여 11월말 수확하는 것이 일반적이다. 남부해안 지방의 경우에는 9월 상순 씨뿌려 12월 중순에 수확한다. 재배상 유의점은 일찍 씨뿌림하면 바이러스병 및 뿌리마름병이 발생할 수 있으므로 제때에 씨 뿌리도록 하고 수확기에 동해를 입을 수 있으므로 주의한다.

바로심기 할 밭은 밑거름을 살포한 다음 흙갈이 한 후 이랑을 만든다. 배추는 양분을 많이 필요로 한다. 석회 거름을 준다. 산도가 낮으면 무사마귀병과 석회결핍증이 발생할 수 있다.

배추는 초기생육이 왕성해야 후기결구가 좋으므로 밑거름에 중점을 두어 퇴비, 닭똥 등의 유기질 비료를 충분히 준다. 밑거름의 양은 10a당 퇴비 1,500kg, 질소 20~26kg, 인산 12~20kg, 칼리 20~30kg 정도이다. 질소 인산, 칼리 3요소 이외에 석회나 붕소 결핍증이 흔히 나타나므로 10a당 석회 80~120kg, 붕사 1~1.5kg을 밑거름으로 시용한다. 질소와 칼리는 밑거름과 웃거름으로 나누어 준다. 사질토나 여름 장마, 태풍에 양분 유실이 많으면 웃거름으로 보충한다.[24]

---

23) 배추의 경우처럼 잎이 여러 겹으로 겹치며 둥글게 속이 차는 것을 말한다.
24) 친환경 무농약, 유기농업 재배 경우는 비료를 소량 사용하거나 사용하지 않기 때문에 토양의 상태에 따라 화학비료 대신 퇴비와 유기물을 충분히 공

직파할 경우는 골이랑에 35~45㎝ 간격으로 6~8mm 깊이로 씨를 뿌려 본잎이 5~6장이 될 때까지 2~3회 정도 솎아준다. 육묘는 72~128구 트레이에 씨 뿌려 건강한 모를 길러 옮겨 심게 된다. 싹 트기에 알맞은 온도는 20~25℃이며, 모 기르는 기간은 일반적으로 20~25일 정도이다. 바로심기 할 모의 크기는 본잎이 3~4장 때가 적당하다. 웃거름은 액비로 준다. 2~3일 전에 온도를 낮춰 순화시켜 바로심기 한다. 심는 간격은 조생종 60× 35cm, 중생종 60× 45cm, 만생종 60× 45cm 정도로 한다. 가을재배에서는 고온기에 바로심기를 하므로 흐린 날 오후에 바로심기 하는 것이 모의 활착에 좋다.

배추는 자라는 기간이 3개월 정도 걸리는 작물로 초기의 밑거름만으로 영양이 부족하다. 특히 속이 차기 시작하는 시기에 웃거름을 공급하고 이후 보름 정도 간격으로 3~4회 준다.

병해로는 뿌리혹병, 노균병, 무름병, 검은무늬병 등이 있으며 벼룩잎벌레, 배추흰나비, 진딧물, 좀나방, 파밤나방, 도둑나방 등의 피해가 많다. 특히 뿌리혹병의 피해가 심하다. 내병성과 저항성이 있는 품종을 선택하는 것도 좋은 방법이다.

가을농사는 봄여름 농사보다 한결 편한 구석이 있다. 이슬이 맺히고(백로,한로) 서리가 올 때면(상강) 기온이 떨어져서 대부분의 풀 또한 맥을 못 추고 자람을 멈추니 제초에 들이던 일손이 줄어들기 때문이다. 봄여름 작물이 점점 뜨거워지는 태양열과 햇볕, 따뜻해지는 기온을 받으며 자란다면, 가을 작물은 점점 서늘해지는 온도와 찬이슬, 서리를 받고 밤낮의 일교차를 겪으며 자라기

급해주어야 한다.

때문에 봄, 여름작물과는 다른 색다른 맛을 느끼게 해준다. 김장 채소의 좌장격인 배추는 추운 날씨와 서릿발에도 기개와 빛깔을 잃지 않고 꿋꿋이 속이 차오른다.

이 철에는 월동작물의 씨뿌림도 시작된다. 10월이면 겨울을 넘기고 다음 해에 수확하게 될 양파 모종과 마늘을 심고, 보리,밀 같은 월동작물도 씨뿌림하는 철이기도 하다.

풍속문화로도 풍족한 철이다. 쟁반 같은 보름달 휘영청 밝은 얼굴이 동산에 떠오르는 한가위(추석)이 있어 수확의 기쁨, 풍속을 아우르니 한철 흘린 땀과 노고를 잊을만 했다. 지금은 대접을 제대로 받지 못하지만 칠석날이나 백중날도 기억해두면 좋겠다. 백중은 음력 7월 15일로 한가위 오기 한 달 전 보름이다. 백중의 다른 이름이 '호미씻이'인 것처럼 논농사, 밭농사의 고된 농사일의 한 구비를 넘고 숨 돌리며 호미, 삽 농기구를 냇가에 씻는다는 때인 것이다. 백중에는 다른 명절 못지않게 마을마다 신나고 다채로운 놀이와 풍성한 잔치가 벌어졌다.

〈재배실전 9〉

무(가을무)

배추과 식물로 서늘한 기후를 좋아한다. 생육 적온은 20℃ 전후이다. 김치, 깍두기, 무말랭이, 짱아치, 단무지, 시레기, 무즙 등으로 이용이 다양하다.

씨뿌림 시기는 봄무와 알타리무 4월, 소형무 5월, 열무 5~7월,

가을무 8월이다. 밭은 골이랑으로 재배하는 경우가 일반적이나 알타리무와 열무는 90~120cm 평이랑을 만들어 3~4줄 재배한다. 소형무, 알타리무는 점뿌림, 열무는 줄뿌림 한다. 봄무, 소형무, 알타리무는 6월에 수확한다. 열무는 5월 씨뿌림은 6월 수확, 7월 씨뿌림은 8월에 수확이 가능하다. 김장용으로 재배하는 가을무가 대표적이다.

가을에 재배하여 김장을 담그는 가을무는 토심이 깊고 보수력이 있고 물 빠짐이 잘 되는 사질양토가 알맞다. 사질양토에서는 뿌리발육이 빠르고 왕성하며 외관이 매끈하나 내한성, 내서성이 약해진다. 점질토양에서는 내한성, 내서성, 저장성이 강해지나 뿌리발육이 지연된다. 토양산도는 pH 5.5~6.8 정도가 적당하다.

씨뿌림 방법은 바로뿌리기가 좋다. 점뿌림으로 2~3알씩 넣고 간격은 25~30cm가 적당하다. 씨 뿌린 후 4~7일이면 싹 튼다. 본잎이 2장 가량 피었을 때부터 솎음을 시작하여 본잎이 7장일 때 끝내 우량한 개체만 남겨 재배한다.

씨뿌림 후 토양수분이 부족하면 초기 생육이 불량해지고, 재배기간 중에 건습이 심하게 반복되면 뿌리가 갈라지는 현상이 일어나므로 수분 공급에 신경 써야 한다. 과습한 조건에서는 잘록병이나 해충의 피해가 발생한다. 일조량이 부족하면 광합성량이 적어져서 뿌리 자람이 억제된다. 특히 씨뿌림 30~50일 이후에는 뿌리 비대가 빨리 진행되므로 이 시기의 일조량 부족은 뿌리 발육에 영향을 미치고 병 발생노 낳아신나. 관리상으로는 동상해를 피해 제때 수확하는 것이 중요하다. 늦으면 바람이 들기 쉽다.

심한 붕소결핍은 내부에 동공이 발생하고 불균일한 수분 공급은 열근을, 거친 땅과 해충은 기형근을 발생시켜 상품성을 떨어뜨린다. 관련 병은 검은뿌리썩음병, 모자이크병 등이 있으며 관련 해충은 좀나방, 배추흰나비, 진딧물 등이 있다.

작물의 수확과 관리

가을은 수확의 계절이다. 수확 시기는 작물마다 수확해야할 알맞은 제 때가 있다. 감자를 너무 일찍 캐면 무르고 늦으면 양분이 소실돼 모양도 좋지 않고 맛이 떨어진다. 쪄먹는 시용 옥수수도 마찬가지다. 과일도 때를 맞춰 수확해야 한다. 수확 시기를 조절해야 할 경우에는 성숙을 촉진시키거나 지연시키기도 한다.25)

수확 후 해야 할 관리는 건조, 탈곡, 저장, 조제, 도정, 세정, 포장 등을 들 수 있다. 건조는 천일건조 방법으로는 양건, 음건이 있으며 통풍식 건조는 열풍을 이용한 전기건조기 같은 기계를 이용하고 상온 통풍도 이용한다. 탈곡기를 이용해 탈곡을 할 때 탈곡기 회전수가 너무 높으면 알곡이 손상되고 발아력이 떨어질 수 있으며, 품질 또한 저하되므로 조심한다.

일단 수확을 하면 상품의 질의 저하를 막고 유지하는 문제가 중요하다. 수확 후 저장 과정에서는 저장 양분이 소모되고 성분이 변화하며 중량이 감소하고 부패하기 쉽다. 수확 후 손실은 수분 함량이 높은 작물일수록 크다. 수확 후 생리작용 및 손실요인으로

---

25) 예를 들면 적겨자, 상추 등 잎채소류의 상품가치를 높이기 위해 생장 억제제인 파클로부트라졸이 사용된다.

는 기계적 상처처럼 물리적 요인이 있고 호흡, 수분증발, 싹트기 같은 생리적 요인, 산패, 미생물이나 해충에 의한 각종 생물적 요인을 들 수 있다.

저장에 영향을 미치는 요인으로는 온도, 수분이 중요하다. 미생물은 15~38℃에서 왕성히 번식한다. 식품 종류마다 저장 온도가 다른데 쌀의 경우 안전저장 온도는 15℃이고, 바나나는 13℃ 이상에서 보관하는 것이 좋다. 수분의 경우에서는 수분 함량 15% 이상에서 미생물이 급속히 번식하는 것으로 알려져 있다. 수분 함량이 고추는 14%, 벼는 15~16% 되도록 말린다.

〈재배실전 10〉

마늘

중앙아시아 지역이 원산지로 백합과 식물이며 월동작물이다. 저온(18~20℃)을 좋아하는 작물이다. 마늘은 일정한 저온기간(5~10℃에서 30~40일)을 경과해야 마늘쪽이 분화한다. 산성 땅은 석회나 고토석회를 뿌려 조정한다. 마늘재배에서 가장 중요한 일은 병이나 상처가 없고 발근 부위가 좋은 씨마늘을 사용하는 것이다. 수입산 보다 우리나라 씨앗을 사용하고 5~7g 정도의 외관이 깨끗한 것을 고른다. 씨가 너무 작으면 생육이 저조하고 크면 벌마늘이 발생한다. 필요 씨앗양은 300평당 60~80접이며 6쪽 마늘의 경우 1접이면 500~550개의 씨마늘을 확보할 수 있다. 씨마늘은 부패율이 10~20% 발생하기 때문에 소독을 해야 한다.[26]

씨뿌림 시기는 난지형은 9월 중하순, 한지형 10월 하순경이며, 중부지방은 10월 중하순, 남부 9월 초중순~10월 상순이다. 이르면 기온이 높고 시기가 길어 부패가 발생하고 늦으면 뿌리 내리는 기간이 짧아 건조와 추위의 피해가 발생한다. 심는 거리는 줄사이 15~20cm, 포기사이 10~12cm 정도로 하고 씨뿌림 깊이는 골을 6~7cm로 파고 4~5cm 흙덮기 해준다.

관리상으로는 땅이 얼기 전 11월 중하순에 비닐로 보온을 해주거나 짚덮기를 11월 중하순에 해주면 수량 증대 효과가 크다.

마늘은 12시간 이상 장일조건에서 구비대가 촉진된다. 마늘은 뿌리 바로 윗쪽 인경[27]이 비대하여 마늘통을 이룬다. 마늘쫑은 주아재배 목적인 경우에는 쫑이 나온 후 20일 정도 지나 길게 잘라 엮어 건조하고, 아닌 경우는 나오는 대로 뽑아 제거한다. 싹이 나서 벌어지는 벌마늘은 이른 씨뿌림, 모래땅, 지나친 웃거름 등 질소 과다, 지나친 관수, 주아를 일찍 제거할 때, 겨울 온난 등의 경우 많이 발생한다.

수확 시기는 5월 하순~6월에 잎과 줄기가 반 정도 누렇게 변하는 때이며 시기가 늦으면 마늘 저장성이 떨어지고 열과와 부패과가 많이 발생 한다. 날씨 좋은 날 수확하여 말려 보관한다. 잘 말리지 않으면 곰팡이가 생길 수 있다. 병충해로는 탄저병, 노균병, 잎마름병, 무름병, 뿌리응애, 고자리파리 등이 있으며 저장시에 썩음병, 균핵병 등이 발생한다.

---

26) 일반 소독의 경우에는 씨뿌림 하루 전에 베노밀·티람 500배 액과 디메토에이트 1천배 액에 1시간 담갔다가 그늘말림하거나 또는 벤레이트-티 400배 액 + 디메토유제 1천배 액에 1시간 침지 후 그늘말림한다. 친환경 방법은 황토유황, 석회유황, 목초액, 현미식초 등 희석액에 하루 전 1시간 정도 담궜다가 그늘에서 말린 후 심기도 한다.

27) 인경(鱗莖 : 비늘줄기) : 양파, 백합, 마늘, 부추처럼 땅속에서 부푼 줄기를 비늘줄기 또는 인경이라고 한다. 비늘줄기는 줄기가 비늘처럼 변해 여러 개의 작은 비늘잎이 서로를 감싸듯이 싸안아 전체적으로 공 모양이다.

■ 마늘은 세계 10대 장수식품 중의 하나로 대표적인 항암, 항균, 항염증 식품이다.[28] 알라신 성분은 면역력 증진, 피로회복, 콜레스테롤 저하, 노화지연, 세포활성화, 고혈압과 뇌중풍 예방 등에 효과가 있는 것으로 알려져 있다. 삶아 먹으면 좋다고 하며 전기밥솥을 이용하여 흑마늘로도 만들어 애용하고 있다.

〈재배실전 11〉

양파

백합과에 속하는 두해살이 작물로 서늘한 기후를 좋아하고 내한성이 비교적 강한 작물이다. 고대이집트에서부터 이용되어온 채소로 우리나라에는 조선시대 말에 들어온 것으로 추정하고 있다. 육류와 함께 이용하면 균형을 이루고 소화를 도우며 양파에 들어있는 페쿠친 같은 성분은 콜레스테롤을 분해하고 혈액을 청소해주는 역할을 하는 것으로 알려져 있다. 생으로 혹은 익혀서 양념 등 다양한 식재료로 이용된다. 알이 꽉차고 단단히 여물고 맛과 향이 좋은 양파를 선호한다.

양파는 밭에서 자라는 시간이 약 10개월에 이른다. 산성 토양에 약하므로 밭을 일구기 전에 석회를 뿌려 토양산도를 pH6.3~7.7 정도로 조정해준다. 거름 요구량이 많고 비교적 생육기간이 길어서 충분히 밑거름을 주어 토양을 비옥하게 해준다. 토양에 미량요소가 부족하면 결핍증상이 나타난다.

---

28) 세계10대 장수식품(WHO) ; 토마토 시금치 브로콜리 귀리 마늘 머루 녹차, 적포도주, 견과류, 연어.

품종으로는 노란색, 붉은색, 흰색 계통 등 다양한 종류가 있다. 씨뿌림 시기는 9월 초중순이며 골 사이가 6~9cm로 줄뿌림 하거나 묘상 혹은 200, 288구 트레이판에 씨뿌림하여 육묘한다. 씨뿌림 시기를 일평균기온이 15℃ 되는 날에서 거꾸로 세어 40일 전으로 하여 45~60일 육묘한다. 씨 뿌린 후 물을 충분히 공급해주고 볏짚, 부직포 등으로 덮었다가 일주일 후 정도 싹트면 제거해준다. 육묘기간은 50일 정도 걸린다. 밭에 바로심기는 잎수 4장 정도, 굵기 6~7mm, 키 25~30cm 정도 이르렀을 때로 10월 중순~11월 중순경이다. 재배 간격은 20~30×12~15cm로 하고 평당 100주 정도가 적당하다. 관리상으로는 땅이 얼기 전 11월 중하순경에 투명 비닐로 바닥덮기 해준다. -8℃까지의 저온에서 동해를 입지 않고 5℃까지는 미약하나마 뿌리 발육이 진행된다.

수확 시기는 6~7월에 지상부 줄기와 잎이 약간 녹색을 띠며 반정도 쓰러졌을 때이며 수확 후 서늘하고 바람이 잘 통하는 곳에 보관한다. 주산지는 전남·경남·경북이다. 병충해로는 잘록병, 노균병, 고자리파리, 총채벌레 등이 있다.

농가월령가

초겨울이 시작되는 11월 입동부터 2월 입춘 사이가 겨울에 상응하는 철이다. 눈 내리고 춥다는 소설, 대설. 소한, 대한이 이어지고 있어서 이름만으로도 겨울이 느껴진다. 가장 추운 계절인 1월은 소한·대한이 들어있는데 "대한이 소한 집에 가 얼어 죽는다"는 속담으로 1월의 매운 추위를 비유했다.

입동(立冬)	11월 7일경	겨울이 시작된다
소설(小雪)	11월 22일경	눈이 오고 얼음이 얼기 시작한다
대설(大雪)	12월 7일경	큰 눈이 내린다
동지(冬至)	12월 21일경	밤이 가장 긴 날이다
소한(小寒)	1월 5일경	본격적인 추위가 시작된다
대한(大寒)	1월 20일경	추위가 막바지에 이른다

겨울은 논, 밭, 산천에 하얀 눈이 쌓여 덮이고 얼음이 얼며 삭풍이 몰아치는 때이니 바깥 농사일을 쉬며 나는 철이다. 지금에 이르러서는 가온 시설재배가 확대되어 겨울철에도 농사일을 멈추지 않는 때가 되었다. 지난 농업사회에서도 겨울은 농사 휴지기였다. 그렇다고 해서 한가로운 철은 아니었다. 논밭 들판 농사를 잠시 밀처 놓았을 뿐 김장, 메주 쑤기, 집과 외양간 고치기, 땔나무 마련, 길쌈 등으로 바쁜 시간을 보내기는 마찬가지였다. 정학유(丁學游, 1786~1855)가 월별로 농사일을 적어 노래한 〈농가월령가(農家月令歌)〉가 있는데 19세기 당시의 겨울의 농촌 생활을 기록한 부분을 옮겨보았다.29)

농가월령가(農家月令歌)

10월령
시월은 초겨울이니 입동 소설 절기로다
나뭇잎 떨어지고 고니 소리 높이 난다
듣거라 아이들아 농사일 끝났구나

---

29) 〈농가월령가〉는 조선 후기 헌종 때 다산 정약용 선생의 둘째 아들 정학유 선생이 한해 동안 힘써야 할 농사일과 철마다 알아두어야 할 풍속 및 예의범절 등을 운문체로 당시 농민들을 위하여 지은 노래다. 〈농가월령가〉이 월은 음력을 기준으로 하였기 때문에 태양력과 차이가 난다.

남은 일 생각하여 집안 일 먼저 하세
무 배추 수확하여 김장을 하오리라
앞 냇물에 깨끗이 씻어 소금 간 맞게 하소
고추 마늘 생강 파에 젓국지 장아찌라
독 옆에 중두리요 바탕이 항아리라
양지에 움막 짓고 짚에 싸 깊이 묻고
장다리무 아람 한 말도 얼지 않게 간수하소
방고래 구들질하고 바람벽에 흙 바르고
창호도 발라 놓고 쥐구멍도 막으리라
수숫대로 울타리 치고 외양간에 거적 치고
깍짓동 묶어 세우고 땔나무 쌓아 두소
우리 집 부녀자들아 겨울 옷 지었느냐
술 빚고 떡 하여라 강신날 가까웠다
꿀 발라 떡을 하고 메밀 찧어 국수 하소
소 잡고 돼지 잡으니 음식이 푸짐하다
들 마당에 천막 치고 동네 사람 모여 앉아
노소 차례 틀릴세라 남녀분별 각각 하소
풍물패 불러 오니 화랑이 줄무지요
북 치고 피리 부니 여민락이 제법이라
이풍헌 김첨지는 잔소리 끝에 취해 쓰러지고
최권농 강약정은 꼭두각시 춤을 춘다
(중략)

11월령
십일월은 한겨울 되니 대설 동지 절기로다
바람 불고 서리 내리고 눈 오고 얼음 언다
가을에 거둔 곡식 얼마나 하였던고
몇 섬은 환곡 갚고 몇 섬은 세금 내고

얼마는 제사에 쓰고 얼마는 씨앗으로 쓰고
소작료도 헤아려 내고 품값도 갚으리라
꾼 돈 꾼 나락을 낱낱이 갚고 나니
많은 듯 하던 것이 남은 것 거의 없다
그러한들 어찌할꼬 양식이나 아끼리라
콩기름 우거지로 조석반죽 다행이다
부녀자들아 네 할 일이 메주 쑬 일 남았구나
익게 삶고 매우 찧어 띄워서 재워 두소
동지는 좋은 날이라 양의 기운이 생겨난다
특별히 팥죽 쑤어 이웃과 즐기리라
새 달력 널리 펴니 내년 절기 어떠한고
해 짧아 덧이 없고 밤이 길어 지루하다
공채 사채 세금 다 갚으니 빚 독촉 아니 온다
사립문 닫았으니 초가집이 한가하다
짧은 해에 아침 저녁 자연히 틈 없나니
등잔불 긴긴 밤에 길쌈을 힘써 하소
베틀 곁에 물레 놓고 틀고 타고 잣고 짜네
자란 아이 글 배우고 어린 아이 노는 소리
여러 소리 재잘거림에 집안이 재미있구나
늙은이 일 없으니 돗자리나 매어 보세
외양간 살펴보아 여물을 가끔 주소
짚 넣어 만든 두엄 자주 쳐야 모이나니

12월령
십이월은 늦겨울이라 소한 대한 절기로다
눈 덮인 산봉우리 해 저문 빛이로다
새해 전에 날이 얼마나 남았는고
집안의 여인들은 세시 옷을 장만하고

무명 명주 끊어 내어 온갖 색깔 들여 내니
자주 보라 송화색에 청화 갈매 옥색이라
한편으로 다듬으며 한편으로 지어 내니
상자에도 가득하고 횃대에도 걸었도다
입을 것 그만하고 음식장만 하오리라
떡쌀은 몇 말이며 술쌀은 몇 말인고
콩 갈아 두부하고 메밀쌀 만두 빚소
설날 고기 계에서 나오고 북어는 장에 사서
납평일에 덫 놓아 잡은 꿩 몇 마리인가
아이들 그물 쳐서 참새도 지져 먹세
깨강정 콩강정에 곶감 대추 생밤이라
술동이에 술들이니 돌 틈에 샘물소리
앞뒷집 떡 치는 소리 여기저기에서 나네
새 등잔 세발 심지 밤새 켜고 새울 때에
위 아랫방 부엌까지 곳곳이 명랑하다
초롱불 오락가락 묵은 세배 하는구나
어와 내 말 듣소 농업이 어떠한고
힘든 것이 무한하나 그 가운데 낙이 있네

〈재배실전 12〉

보리

벼과에 속하는 식량작물로 가을보리, 봄보리가 있다. 겉보리, 쌀보리, 맥주보리, 총체보리 등이 재배된다. 물빠짐이 잘 되는 밭이어야 습해, 동해를 예방할 수 있다. 산성에 약하다. 우량씨앗을 선별해

소독한다. 소독방법은 냉온탕침종법
으로 냉수에 6~7시간, 50℃ 물에
2분, 53℃에 5분 담근 후 냉수에
식혀 그늘에 말려준다. 깜부기병, 줄
무늬병 등 방제에 효과가 있다. 가을
보리 씨뿌림 시기는 중부지방은 10
월 중순이다.30) 300평에 15kg 정도
로 뿌리고 흙은 1~3cm 정도로 얇
게 덮어준다. 씨뿌림 후 10일 이내
흙덮기 해준다. 이른 봄에 올라온 보
리는 싹을 잘라 이용한다. 개화 시기는 4월 하순~5월 상순이다.

수확기는 이삭이 나온 후 35일 지난 6월 초가 제때다. 절기상으
로 망종(芒種)에 해당한다. 망종이란 벼,보리 같은 까끄라기(芒)가
붙어있는 씨앗과 관련있는 이름이다. 이 시기는 벼의 모가 자라고
보리가 익는 절후여서 망종 무렵은 보리를 베고 모내기하는 철이다.
이 때문에 예전에는 망종을 농가에서는 '보리망종'이라고도 불렀다.
망종 무렵에는 모내기 준비가 한창인 바쁜 시절이어서 보리를 바로
타작하지 못하고 모내기를 마친 다음에 했다. 보리타작은 전통농기
구인 도리깨를 번갈아 돌려내리치며 '옹헤야'를 매기고 받았다. 옹헤
야는 보리타작 노동요다. 노래내용은 보리파종-제초-수확-타작으로
이어진다. 실학자 다산 정약용(茶山 丁若鏞)이 보리타작 정경을 그
린 '타맥행(打麥行)'이라는 한시를 옮긴다.

---

30) 보리 파종기 : 북부지방(수원,대전,영주,강릉선 이북 평야지) 10월1일~10
일, 중부지방(익산,순창,합천,청도,삼척선 이북)은 10월10일~20일(진주,나주
이남은 11월10일까지), 남부지방(익산,순창,합천,청도,삼척선 이남) 10월
15~30일, 제주도 11월1일~15일. 월동 전 잎이 5~6장 나오도록 한다.

새로 걸러낸 막걸리 젖빛처럼 뿌옇고
큰 사발에 보리밥 높이가 한 자로세
밥을 먹자 도리깨 잡고 마당에 나서니
검게 그을린 두 어깨가 햇볕을 받아 번쩍이네
옹헤야, 소리를 내며 발 맞추어 두드리니
순식간에 보리 낟알들이 마당 안에 가득하네
주고 받는 노랫가락이 점점 높아지고
단지 보이는 것이 지붕 위에 보리 티끌 뿐이로다
그 기색을 살펴보니 즐겁기 짝이 없어
마음이 몸의 노예가 되지 않았네
낙원이 먼 곳에 있는 것이 아닌데
무엇하려 벼슬길에서 헤매고 있으리오?

보리고개라는 말도 있다. 예전 3~4월은 곡식이 바닥나고 푸성귀마저 귀한 시기였다. 겨울을 넘긴 푸른 보리밭이 누렇게 익어 배고픈 '보리고개'를 넘어주었던 것이다. 보리가 여물 때까지 기다리지 못할 때는 풋보리를 베어다 보리밥을 해먹거나 불에 끄슬려 먹기도 했다.

보리의 주산지는 전라, 경상 지방으로 전라남도는 전국에서 생산되는 쌀보리의 약 65%를, 경상북도는 겉보리의 48%를 생산한다. 맥주보리는 맥주의 원료로 쓰이며 총체보리는 사료용으로 이용된다.

작물 씨뿌림과 바로심기 시기

• 2~3월: 고추, 가지, 방울토마토, 감자 싹튀우기, 부추, 대파, 수박, 참외, 오이, 브로콜리

• 4월 초순: 아욱, 시금치, 얼갈이 배추, 상추, 근대, 쑥갓, 치커리, 신선초, 브로콜리(모)

• 4월 중순: 당근, 콜라비, 작두콩, 열무, 생강, 잎들깨, (근대, 당귀, 부추, 상추, 셀러리, 쑥갓, 엔디브, 치커리, 파슬리 모종류)

• 4월 초순~5월 초순: 쑥갓, 양배추, 케일, 호박, 목화, 피마자, 도라지, 대파, 우엉

• 4월 중하순: 돌산갓, 청경채, 강낭콩, 토란, 방울토마토(모종)

• 4월 하순: 땅콩, 벼, 호박, 호박 고구마, (강낭콩, 비트, 오이, 청경채, 다채, 토마토 모종류)

• 4월 하순~5월 초순: 고구마, 비트, 순무, 완두콩, 당근, 옥수수, 양배추 (고추, 가지, 오이, 참외, 수박, 땅콩 등 모종류), 돼지감자, 잎들깨(노지)

• 5월 초순: 생강, 율무, 토란, 피망, 파프리카, 흑임자, 풋콩

• 5월 중순: (야콘, 오크라 모종류)

• 5월 중하순: 참깨, 들깨, 샐러리, 고구마

- 6월 상순 : 서리태
- 6월 중순 : 백태, 청태, 흑팥, 녹두, 적두, 참깨(2기작), 조, 수수
- 6월 하순 : 콩나물콩
- 6월 하순~7월 초순 : 들깨
- 7월 하순~8월 중순 : 당근, 메밀, 브로콜리
- 8월 상순 : 케일(모종)
- 8월 상중순 : 상추(모) 양배추(모)
- 9월 : 콜라비(모)
- 8월 중순~9월 중순 : 브로콜리(모)
- 10월 하순 : 양파
- 10월 중하순 : 마늘, 보리, 밀

■ 가을 김장채소 씨뿌림 시기 ■

배추(8월 상중순) / 무(8월 중순~9월 초순) / 쪽파(8월 하순~9월 상순) / 갓(8월 하순~9월 중순) / 돌산갓(8월 중하순) / 순무(8월 하순~9월 초순) / 당근(8월 상중순) / 아욱. 치커리. 방풍. 쑥갓 (9월) / 고들빼기(7월 하순~8월 중순, 10~12월, 다음해 3월 수확) / 파(8~9월 바로심기, 다음해 4월 수확) / 채심(8월 중순, 10~11월 수확) / 가을시금치 (9월) / 월동시금치 (10월)

√주의 : 중부지방 기준이며 지역과 품종, 재배환경과 시설에 따라 씨뿌림과 이식 시기는 재배농가에 따라 다를 수 있다.

2장

농사기술

농사에서 갖춰야 할 기본 지식과 영역

농사일을 직접 경험해보지 못한 사람이 농사일을 조금씩 알아가며 나오는 말이 농사가 처음 생각했던 것과 달리 어렵고 알아야 할 것들 많다는 반응이 나온다. 반면 나이가 든 사람의 경우, 특히 어린 시절을 시골에서 살아보았던 사람일수록 농사를 쉽게 생각하는 경향이 있는 것 같다. 농업 역시 다른 분야와 마찬가지로 변화하고 발전해왔기 때문에 과거의 경험에 의지하는 것은 오히려 도움이 안 된다. 마치 어린 시절 배운 초등학교 산수 수준에 나이 육십이 되어서도 머물러있는 것과 같다. 농사가 식물을 기르고 관리하고 수확, 저장, 가공, 유통, 판매하는 일이어서 얼핏 생각해도 다스려야 할 영역이 아주 넓다는 것을 알 수 있다. 몇 가지로 정리해보자

첫째, 씨뿌림으로부터 수확 이후까지의 진행과정에 대한 이해가 필요하다. 씨앗, 씨뿌림, 모 만들기, 생육관리, 수확과 가공·저장이 여기에 해당된다.

둘째, 재배 환경에 대해 이해해야 한다. 재배환경에는 토양, 온도, 공기, 물, 햇빛, 잡초 등이 있으며 모두 중요한 요소이지만 특히 토양 관리는 산도, 성분, 염류, 유기물 등 토양상태와 특성을 파악하여 관리해주어야 한다.

셋째, 작물의 성장기마다 관리 요령이 있다. 사람이 초등, 중등, 고등 단계마다 배우는 것이 다르듯이 식물도 성장기, 생식기, 결실기에 따라 그때그때 맞게 관리해 주어야 한다.

넷째, 여러 가지 농자재와 농기계를 적절히 이용할 줄 알아야

한다. 농자재는 비료, 퇴비, 살균살충 농약, 비닐 등 다양하게 개발되어 있고 농기계는 경운기, 관리기, 트랙터, 콤바인 등 크고 작은 기계가 포함된다.

마지막으로 친환경농업에 대한 기본적인 내용을 이해하고 있어야 한다. 특히 친환경 농산물 인증을 받으려는 경우에는 관련 규정을 숙지하여 재배환경 관리에 철저히 대응해야 한다.

(1) 작부계획 세우기

겨울은 음력·양력 1월1일이 있는 때이다. 새해가 새로 시작되는 때다. 음력 1월 1일(정월 초하루)은 입춘 무렵이 되어 마침 봄이 시작되는 때이기도 하고 그날을 '설날'로 삼고 지금까지 가장 큰 명절로 지켜 즐겨오고 있으니 새해의 각별한 의미를 더 말할 필요가 없을 것이다. 반면 양력 1월1일은 동지와 소한 중간에 찾아오는데 우리나라 날씨로는 매서운 추위가 몰아칠 때다. 한때 양력 1월1일을 신정(新正)으로 삼고 집요한 설날(구정) 없애기를 시도하였지만 민심을 이겨내지 못하고 지금은 설을 대다수 사람들이 쇠고 있다. 참고로 일본은 태양력을 기준으로 하였고 반면 중국은 음력 1월1일을 '춘절(春節)'이라 하여 가장 큰 명절로 삼고 있다.

새해가 시작되면 사람마다 마음을 새로이 하고 지난해를 돌아보며 올해의 계획을 세운다. 농민도 다가온 한해 농사계획을 생각하게 된다. 어느 곳에 언제 어떤 것을 얼마만큼 심을 것인지, 땅은 어떻게 할 것인지, 새로운 소득 작목을 해볼 것인지 등을 심사숙고하며 1년 농사를 그려본다. 재배 시기가 겹치지 않도록 조정하며 땅을 놀리는 기간이 최소화되도록 설계하여 토지 이용도를 높이고, 일이 한 시기에 너무 몰리지 않도록 일을 적절히 분배 하면서 원하는 경제적 목표를 달성하도록 계획을 세운다. 이를 '작부계획(작부체계)'이라 한다. 작부계획은 '일정한 포장에서 몇 종류의 작물을 해마다 바꾸거나 같은 해에 여러 작물을 조합, 배열하여 함께 재배하는 방식'을 말하는데 영농 효율성을 높이기 위한 가장 기본적인 일이다. 작부계획에서는 무엇을 심을 것인가, 작목을 결정하는 것이 가장 기본이 된다. 다음과 같은 사항을 고려해 결정한다.

- 목적 : 경제성, 취미, 건강, 실험, 텃밭
- 계절, 토질, 기후
- 이어짓기 피해
- 품종 (예 : 조생종, 중생종, 만생종)
- 일모작 / 이모작 / 연중 재배

도시에서는 옥상, 베란다, 앞마당 등을 활용하여 상추, 방울토마토, 고추, 가지 등을 많이 심는데, 씨로 뿌리는 것보다 모종을 사서 심는 경우가 많아서 씨뿌림 시기를 신경 쓰지 않아도 된다. 그러나 씨앗을 직접 뿌려 재배하는 경우는 언제 뿌려야 하는지를 결정하는 것은 아주 중요한 문제다. 씨뿌림 시기는 싹트기, 성장 뿐 아니라 수확량에 큰 영향을 미쳐서 제때에 뿌려야 한다. 각각 제 때가 있으므로 알맞은 때를 맞춰서 작목을 선택해야 한다.

또한 재배기간이 길거나 혹은 상대적으로 짧은 작물이 있고 1년에 한번 하는 일모작 작물이 있는가 하면 이모작 작물도 있으며, 봄에서 여름·가을 사이에 짓는 작물이 있고 겨울을 넘겨야 하는 작물도 있는 등 재배작물의 종류와 특성은 아주 다양하다. 따라서 이런 경우는 수확한 후 심을 뒷 작물을 고려해서 결정해야 하는 경우가 많다. 그리고 작부계획을 생각하다보면 실제로 재배시기가 겹치는 경우가 발생하게 되는데 이런 경우에도 그 해결방법을 찾아야 한다. 일반적으로 시설재배와 육묘기술을 적극적으로 활용하고, 촉성, 반촉성 재배법 이용하거나 새롭게 보급되는 재배기술 등의 수단을 통해 경영목표를 달성하게 된다.

농사계획은 작목 선정, 재배 관리도 중요하지만 영농경영관리, 판로계획 등이 매우 중요하다. 따라서 노동력 배분, 관리, 판로 및 고객확보전략이 농사계획에 포함되어야 한다. 이상과 같은 점을 고려하면서 작부계획을 세우게 되는데 이외에도 다음과 같은 여러 가지 효과와 이점을 목표로 한다.

- 생물학적, 재배기술 면에서의 효과
- 경지 이용도 제고
- 땅심 유지 증강
- 병충해, 잡초발생 감소
- 농업생산성 향상, 생산 안정화
- 농업노동의 효율적 배분
- 수익성 향상과 안정화

(2) 재배작물의 종류와 이용

지구상에 현존하는 약 23만5천여 종 식물 중에서 재배되고 있는 작물의 총수는 약 2,200여 종으로 이중 식용작물로 888종이 알려져 있다. 인간이 수세기 동안 1만 종 이상의 식물을 먹고 살았으나 최근에는 많아야 150여 가지 작물만 재배하며 경제작물은 약 80여 종에 불과하다고 한다. 이중 12가지가 식량공급의 80%를, 3대 작물(벼,밀,옥수수)이 곡물 소비량의 75%를 차지하고 있다. 식단 구성의 유사동질화와 인간의 특정작물에 대한 선호, 잘 팔리는 품종 중심의 재배가 계속되기 때문이다. 식량농업기구(FAO)에 따르면 20세기에 곡물 종의 다양성이 75%나 줄었고 2050년이 되면 현재 재배작물의 1/3이 사라질 것으로 전망한다.

(1) 식량작물
  1) 화곡류31) : 미곡(쌀, 밭벼), 맥류(보리, 밀, 귀리, 호밀)
     잡곡(조, 피, 기장, 수수, 옥수수, 율무, 메밀)
  2) 콩류 : 콩, 팥, 녹두, 강낭콩, 완두, 땅콩
  3) 서류 : 감자, 고구마
(2) 특용작물
  1) 유지작물 : 참깨, 들깨, 땅콩, 유채
  2) 기호작물 : 초피, 녹차, 호프
  3) 섬유작물 : 왕골, 대마, 닥나무
  4) 공예작물 : 옥수수, 들깨, 유채, 목화, 삼, 왕골
  5) 약용작물
  6) 버섯류
(3) 원예작물 : 과수, 채소, 화훼 및 관상식물
  1) 채소 : 과채, 엽경채, 뿌리채소, 산채, 양채, 조미채소
  2) 과수

---

31) '5곡'의 5가지 곡물이 우리말 사전에는 '벼,보리,조,콩,기장'이라고 나와있다. 종류가 주례(벼,기장,피,보리,콩), 예기(삼,기장,피,보리,콩), 관자(차조,기장,벼,보리,콩)에 따라 다르고 인도에서는 '보리,밀,벼,콩,깨'라고 한다.

3) 화훼

(4) 사료녹비작물

　　옥수수, 호밀, 엘팰퍼, 화이트클로버, 자운영, 베치

(5) 기타 : 허브식물 / 산나물 / 수입식물

(3) 돌려짓기와 다양한 작부체계의 이용

1) 이어짓기와 피해

같은 밭에 같은 종류의 작물을 해를 이어 재배하게 되면 토양이
작물에 대한 적합성을 상실하여 작물의 생육이 뚜렷이 나빠지는
현상이 발생한다. 이를 땅가림(기지(忌地), soil sickness)라고 한
다. 그 원인은 여러 가지인데 토양 비료분의 과잉소모, 염류 집적,
토양물리성의 악화, 토양전염병 및 선충의 번성, 상호대립억제작
용 또는 타감작용[32], 유독물질 축적, 잡초번성 등이 지적된다.

　이어짓기의 해는 작물에 따라 적고 큰 것으로 대별할 수 있는
데, 적은 것은 벼, 맥류, 조, 옥수수, 고구마 등이며, 상대적으로
인삼, 수박, 가지, 고추, 완두, 토마토 등은 큰 편이다. 벼가 이어
짓기 해가 적다는 것은 오랫동안 같은 장소에서 논으로 이용되며
쌀을 생산하고 있는 데에서 확인할 수 있고, 인삼농사는 장소를
옮겨 다니는 현실을 볼 수 있다.

　따라서 땅가림 현상을 막을 수 있는 대책이 필요하다. 방법은
일정한 시간이 지나면 장소를 옮겨주는 윤작, 돌려짓기가 가장 좋

---

32) 식물에서 일정한 화학물질이 생성되어 다른 개체에 영향을 주는 작용을
　　말하다 인접 식물의 생존을 막거나 성장을 저해하는 작용이 해당한다(他
　　感作用, allelopathy).

은 방법이지만, 땅이 제한적인 경우에는 그렇게 할 수 없기 때문에 토양소독, 유독물질의 제거, 저항성 품종 및 대목의 이용, 새 흙넣기, 담수처리, 합리적인 거름주기 등 여러 가지 대책이 필요하게 된다.

2) 돌려짓기(輪作, crop rotation)

몇 가지 작물을 특정한 순서에 따라 바꿔가며 재배하는 것을 말한다. 이어짓기(연작)의 피해를 경감하는 효과 외에도 땅심의 유지 및 증진, 땅가림 현상의 회피, 병해충 및 잡초의 경감, 토지 이용도의 향상, 수량 및 생산성의 증대, 노력분배의 합리화, 농업경영의 안정성 증대, 토양 보호 등의 효과가 있다. 돌려짓기를 통해 사료생산 병행, 콩과작물이나 다비작물, 중경작물이나 바닥덮기작물, 여름작물과 겨울작물, 이용성과 수익성이 높은 작물을 재배할 수 있다. 질소고정, 토양구조개선, 토양유기물 증대, 경영안정성 제고 등도 윤작으로 얻을 수 있는 효과다. 돌려짓기와 유사한 토양 이용으로는 논밭돌려짓기(답전윤환)이 있다. 논을 몇 해씩 논 상태와 물 빠짐한 밭 상태로 돌려가며 벼와 밭작물을 재배하는 방식이다.

3) 다양한 작부체계의 이용

경작지에 한 가지 작물 위주로 재배하지 않고 한 가지 이상의 작물을 어울려 재배하는 몇 가지 방법을 소개한다.

- 사이짓기(간작)

한 가지 작물이 생육하고 있는 줄 사이에 다른 작물을 재배하는 것을 말한다. 일부 기간만 같이 자란다. (맥류+콩, 보리+콩·팥, 보리+목화, 보리+고구마)

- 섞어짓기(혼작)

생육기간이 거의 같은 두 종류 이상 작물을 동시에 같은 포장에 섞어 재배하는 방법이다. (콩+수수·옥수수, 감자+완두, 콩+고구마, 목화+참깨)

주요 방식으로는 ① 점혼작 : 본 작물 내의 포기 사이 군데군데에 다른 작물을 한 포기나 두 포기씩 점뿌림한다. ② 난혼작 : 군데군데에다 심는다. ③ 조혼작 : 이랑을 따라 다른 작물을 일렬로 점뿌림 또는 올뿌림(조파) 하는 방식이 있다.

- 엇갈아짓기(교호작)

두 종류 이상의 작물을 일정한 이랑씩 엇갈리게 배열하여 재배하는 법이다. 생육기간이 비슷한 경우에 해당된다. (콩 두이랑에 옥수수 한 이랑, 옥수수+콩+고추, 수수+콩)

- 둘레짓기(주위작)

포장의 주위를 따라 재배하는 방법이다. 둑이나 농로 같은 길가에 재배한다. 논두렁콩 재배가 좋은 예다. 논두렁콩은 논의 둑, 즉 경작지로 사용하지 않는 논둑의 공간을 이용하여 논 주위로 빙 둘러 콩을 심는데 생각보다 생산량이 많고 땅을 효율적으로 이용하는 선조의 알뜰한 지혜가 담긴 재배법이라고 하겠다.

(4) 재배환경

오른쪽의 삼각형을 '작물의 수량 삼각형'이라 부른다. 삼각형의 3변이 각각 유전성, 재배환경, 재배기술을 나타낸다. 3변 길이의 길고 짧음에 따라 삼각형의 면적이 변하여 삼각형의 면적이 생산량에 해당한다. 곧 작물 재배에서 씨앗의 선택, 작물이 자라는 재

배환경, 그리고 재배기술을 잘 활용해야
최적 생산량을 거둘 수 있음을 나타낸다.
이 세 변 중의 하나가 '재배환경'이다.
작물의 재배환경 조건은 다음과 같다.

작물의 수량 삼각형

-토양요소: 토성, 구조, pH, 무기성분, 유기
물, 토양수분, 토양공기, 미생물, 유해물질
-기상요소: 수분, 공기, 온도(기온,지온,수온), 빛
-생물요소: 식물(잡초,기생식물), 동물(곤충,조수), 미생물

　재배환경에서는 기본적으로 토양요소가 중요하다. 토성, 토양구
조, 산도(pH), 무기성분, 유기물, 토양수분, 토양공기, 미생물, 유
해물질 등이 토양의 상태를 결정하는 요소들이다. 재배환경은 이
러한 토양요소 뿐만 아니라 기상요소인 수분, 공기, 온도(기온, 지
온, 수온), 빛이 중요한 조건으로 관계한다.

　예컨대 수분이 부족하지 않게 물대기를 해주어야 하며 가뭄, 습
기, 홍수, 수질오염(도시오수, 공장폐수, 광산폐수 등)의 피해를 입
지 않도록 한다. 식물은 광합성을 위해 반드시 이산화탄소를 필요
로 한다. 산소 공급도 중요하다. 산소농도가 낮아지면 뿌리의 호
흡이 저해되고 수분흡수 억제되며, 칼륨의 흡수가 가장 저해되고
잎이 갈변된다.

　기온과 관련해서는 작물마다 생육에 필요한 총 온도량이 있다.
여름작물은 높고 겨울작물이 낮다. 예를 들면 생육기간이 긴 벼는
3,500~4,500℃, 담배 3,200~3,600℃ 인 반면 추파맥류는
1,700~2,300℃ 이며, 봄작물이랄 수 있는 봄보리는 1,600~
1,900℃ 정도이다. 재배관리 측면에서는 열해, 냉해, 추위피해(동

해, 상해, 건조해, 설해 등)를 조심한다.

식물과 광합성

공기 중의 이산화탄소와 물, 산소를 재료로 하여 잎에서는 햇빛을
이용해 탄수화물을 만든다. 이를 '광합성'이라하며 지구의 생활생
태계, 생명 순환을 잇는 고리다.

식물이 광합성을 잘 하려면 빛을 잘 받을 수 있어야 한다. 따라
서 재배작물이 빛을 잘 받도록 재배간격, 이랑간격과 방향, 수광
태세 등을 고려한다. 식물에는 광에 민감하거나 그렇지 않은 식물
이 있고, 단일식물과 장일식물, 중성식물이 있기 때문에 재배할
때는 이 역시 고려해야 한다.

- ■ 작물의 일장형
- · 단일식물 : 단일상태(보통 8~10시간)에서 화성이 유도되고 촉진
되는 식물.
- (예) 늦벼 · 조 · 기장 · 피 · 옥수수 · 콩 · 아마 · 담배 · 호박 · 오이 등
- · 장일식물 : 장일상태(보통 16~18시간)에서 개화가 유도되고 촉
진되는 식물.
- (예) 추파맥류 · 완두 · 박하 · 아주까리 · 시금치 · 양딸기 · 해바라기 등
- · 중성식물 : 개화에 일정한 한계 일장이 없고 대단히 넓은 범위의
일장에서 개화하는 식물.
- (예) 가지 · 토마토 · 강낭콩 · 당근 · 셀러리 등

(5) 토양

농사는 흙 만들기와 흙 관리에 달렸다고 말한다. 그만큼 흙이 절대적으로 중요한 요소다. 농사에 이용하는 흙은 깊이가 20cm 내외인데 지구표면 일부를 덮고 있는 아주 얇디얇은 피부막에 해당한다. 한 연구자의 말에 의하면 흙 10cm가 쌓일 때까지 2~3천년이 걸린다고 한다. 또 흙은 동물, 식물, 미생물이 공존하는 최고 걸작품이라고도 말한다. 하지만 안타깝게도 현대에 이르러 '흙의 위기'라고 진단한다. 소중한 겉흙이 상실되어가고 사막화와 건조화, 남벌이 진행되며 약탈 농법이 횡행하며 농지가 잠식되고, 폐유, 중금속 등으로 오염된다. 사람들도 흙을 경시하거나 중요성을 인식하지 못하고 있다.

우리나라 흙도 좋은 상태가 아니다. 오랫동안 화학비료, 농약 등을 과도하게 의존하는 집약농업이 진행되면서 토양이 산성화 되어있다. 마찬가지 결과로 유기물을 투하하지 않아서 유기물 함량이 낮다. 토양환경보전법에서는 부식함량을 논과 밭의 흙에서 3% 이상으로 개선하려는 목표치를 설정하고 있다. 부식 유기함량이 3%에도 훨씬 미치지 못한다는 얘기다. 여름에는 강수량이 많아 겉흙유실도 심하다. 석회, 마그네슘, 칼륨 등 염기의 용탈이 많다. 자연상태 초원은 흙 유실이 없지만 일반 농지는 겉흙이 사라진다. 단작, 이어짓기가 계속되어 장애도 심한 편이다. 이외에도 농업의 단순화, 획일화, 기계사용 증가, 시설 장치 농업 확대 등으로 집약화, 공업화되면서 흙의 위기는 심화되어가고 있다.

토양은 입자의 크기에 따라 〈모래 ~ 점토〉로 구분하고, 토양 무기물 입자의 입경조성(토성)에 따라 〈식토 - 양토 - 사토〉로 구

분한다.[33]

흙은 흔히 고체, 액체, 기체의 3상 구조로 설명한다. 토양은 고체성분이 45%라면 공기와 물이 각 25%만큼 차지하고 나머지 유기물이 5%의 비율이라면 적합한 흙이라고 할 수 있다. (1945년: 4.55% -〉 2005년: 2∓0.25%)

'좋은 흙'이라는 말이 모호한 표현이지만 일반적인 요건으로 나타내면 유기물 함량이 3~5% 정도 되고 단립구조로 통기성, 보수력, 물 빠짐, 보비력이 있으며 적정산도(pH)를 나타내며, 무기성분이 적절하며 미생물이 활발히 활동을 하는 흙이다.

구 분	국제토양학회법(mm)
자 갈	〉 2.00
거친 모래(조사)	2.0 ~ 0.2
가는 모래(세사)	0.2 ~ 0.02
가루모래(미사)	0.02 ~ 0.002
점 토	0.002 이하

■ 입단(粒團)구조(떼알구조) : 단일입자가 결합하여 2차입자로 되고, 다시 3차,4차 등으로 집합하여 떼를 이루고 있는 구조를 말한다. 흙알 사이의 모세공극에는 물과 비료성분이 저장되고 비모세공극에는 지하수 등 유리수가 흐르고 공기가 소통한다. 입단구조는 소공극과 대공극이 균형있게 발달하여 소공극에서는 모세관 현상에 의해 지하수의 상승이 이루어진다. 모관공극이 발달하면 토양통기가 좋아지고 빗물의 지중 침투가 많아지며, 지하수의 불필요한 증발도 억제된다. 입단의 형성에는 유기물과 석회의 시용,

---

33) 토양 판별 : 사토 - 거의 모래 느낌, 사양토 - 모래가 대부분 느낌, 양토 - 모래가 반 정도 느낌, 식양토 - 약간 모래 느낌, 식토 - 진흙 느낌.

콩과 작물의 재배, 토양개량제의 사용, 바닥덮기 등이 효과가 있으며, 흙갈이, 입단의 팽창 및 수축의 반복, 비와 바람, 나트륨이온(Na^+)의 첨가 등은 입단을 파괴하는 원인이 된다.

토양검사법

경작에 들어가기 전에 미리 토양의 상태, 성질을 알아두는 것이 필요하다. 이를 위해서는 토양을 검사해야 한다. 검사하는 법은 첫째, 간이적인 방법으로 토양을 채취하여 검사지로 간단히 산도(pH)를 측정하는 방법이 있다. 채취 토양에 증류수를 부어 섞은 다음 검사지를 담가보아 나타난 색으로 산성-중성-알칼리 정도를 알아보는 방법이다.

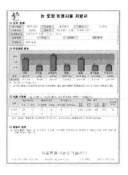

둘째, 토양을 검사 기기로 산도(pH)를 측정하는 방법이다.

셋째, 농업기술센터에 의뢰하는 방법이다. 가까운 센터에 의뢰하면 2주일 정도면 '토양비료사용처방서'라는 검사결과를 받아볼 수 있다. 여기에는 토양산도(pH)를 비롯하여 유기물 함량, 질소(N), 인산(P), 칼륨(K), 마그네슘(Mg), 칼슘(Ca) 함량이 표시되기 때문에 석회, 질소, 인산, 칼리 같은 요소를 어떻게 줄 것인지를 결절하는데 중요한 기초자료 역할을 해준다.

검사를 의뢰할 때 시료채취 요령은 겉흙을 1cm 정도 걷어내고 삽으로 경사지게 흙을 파내고 5~10개 지점에서 1kg 정도 채취하면 된다. 논은 18cm, 밭은 15cm, 과수 20~30cm 깊이로 채취한다. 경사지는 상중하 고르게 채취한다.

(6) 작물생육에 필요한 원소

토양에는 아직도 밝히지 못한 물질을 포함하여 많은 성분이 존재한다. 이 중 토양 중의 무기물은 작물이 자라는데 필요한 영양원이 된다. 이들 무기물 중 작물 생육에 필요불가결한 성분 16종을 필수원소라고 한다. 필수원소는 생육에 다량이 요구되는 다량원소(9종)와 미량만 있어도 되는 미량원소(7종)로 구분하고 있다.

- 다량원소 : 탄소(C), 수소(H), 산소(O), 질소(N), 인(P),
  칼륨(K), 칼슘(Ca), 마그네슘(Mg), 황(S)
- 미량원소 : 철(Fe), 망간(Mn), 구리(Cu), 붕소(B),
  몰리브덴(Mo), 아연(Zn), 염소(Cl)
- 기   타 : Si, Al, Na, I, Co

다량원소 중 탄소, 수소, 산소는 광합성을 하는 엽록소의 구성원소이고 유기물을 이루는 구성재료이다. 식물체의 90~98%를 차지하고 있는 아주 중요한 필수성분이지만 이산화탄소, 물, 공기를 통해 흡수할 수 있다. 특히 다량원소 칼륨(K), 질소(N), 인(P)를 비료의 3요소라고 하고 칼슘(Ca), 마그네슘(Mg)을 더하면 5요소가 된다. 주요한 원소의 생리적 역할은 다음과 같다.

1) 질소(N)

단백질, 광합성에 관여하는 엽록소, 과수나무와 과실의 생장 및 발육과정에 관여하는 효소, 호르몬, 비타민류 등의 구성성분이다. 잎과 줄기를 키울 때 필요하다. 질소가 부족하면 생장이 빈약하고 결실률이 낮으며 과실의 발육도 불량하여 수량도 적고 품질도 좋지 못하다. 뿌리가 질소질 비료를 제대로 흡수할 수 없거나 결핍증상이 심해지면 엽면시비가 효과적이다. 질소질 비료가 너무 많으면 가지와 잎이 너무 많아져 웃자라며 잎 색깔이 진해지며 알들이에 지장을 초래하며 환경과 병해충 저항성이 약해진다.[34]

2) 인(P)

인은 세포핵, 분열조직, 효소 등의 구성성분으로 어린 조직이나 씨앗에 많이 함유되어 가지와 잎의 생장을 충실하게 하고 탄수화물의 대사에 중요한 역할을 한다. 광합성, 호흡, 녹말과 당분의 합성분해, 질소동화 등에 관여한다. 꽃 피고 열매를 맺을 때 필요하다. 결핍되면 잔뿌리의 생장이 억제되며 가지의 생육이 불량해지고 어린잎이 기형화되어 암녹색을 나타내며 결실이 나빠진다.

3) 칼륨(K)

광합성, 탄수화물 및 단백질 형성, 세포의 팽압 유지 등의 생화학적 기능에 관여하며 여러 가지 효소 반응의 활성제로서 작용한다. 부족하면 생장점이 말라죽고 줄기가 연약해지며 잎 끝이나 둘레가 황화하고 아래 잎이 떨어지며 결실이 나빠진다. 특히 뿌리발육을 위해 필요하다. 뿌리에서 흡수가 용이하므로 부족할 염려가 있으면 토양에 시용하고, 사질토양에서는 보비력이 약하므로 여러 차례 나누어 주는 것이 효과적이다.

4) 칼슘(Ca)

식물체의 세포막 중 중간막의 주성분이며 잎에 많다. 각종 효소

---

34) 질소고정 : 질소고정 박테리아는 대기 중의 질소를 암모늄이온으로 전환시킨다. 이를 질소고정이라 한다. 식물 뿌리의 혹 안에서 상주하는 박테리아에 의해 고정된 질소를 이용하는 콩과식물이 대표적이다.

의 활성을 향상시키고 단백질의 합성에 관여하며, 세포막에서 다른 이온의 선택적 흡수를 조절한다. 분열조직의 생장, 뿌리 끝의 발육과 작용에 반드시 필요하다. 결핍증상은 잎의 끝 부분이 황백화되고 신초생장이 정지되며 차차 갈색으로 변해 죽으며 세포벽이 쉽게 붕괴되므로 분질화되고 저장력이 저하된다.

5) 마그네슘(Mg)

엽록소의 구성원소로 잎에 많으며, 광합성, 인산대사에 관여하는 효소의 활성을 높인다. 토양 중에서 칼슘과 함께 토양산성의 교정능력이 있다. 강한 산성 토양에서는 결핍되기 쉽다. 마그네슘의 결핍은 엽록소가 파괴되어 황백화현상이 나타나며 줄기, 뿌리의 생장점의 발육, 씨앗의 성숙이 나빠진다. 결핍을 방지하기 위해서는 토양의 산성화를 방지하고 칼리질 비료의 과다 사용을 피한다. 고토석회, 황산마그네슘, 농용석회 등을 토양에 시용하며 토양 물리성을 개량하여 주고 유기물을 충분히 넣어 준다.

6) 황(S)

단백질, 아미노산, 효소 등의 구성성분으로 엽록소 형성에 관여한다. 결핍하면 단백질 생성이 억제되고 생육억제와 황백화 현상이 일어난다. 콩과 작물에서는 뿌리혹박테리아에 의한 질소고정이 감소한다. 황의 요구도가 크고 함량이 많은 작물은 양배추, 양파, 파, 마늘, 아스파라거스 등이다.

7) 철(Fe)

철은 호흡효소의 구성성분으로 광합성작용과 호흡작용 또는 뿌리의 음이온의 흡수 등에도 직접, 간접으로 관여한다. 엽록소의 생성에 필수적인 철이 부족하면 효소의 불활성화에 의하여 잎이 황화 또는 황백화된다.

8) 망간(Mn)

여러 가지 효소의 활성을 높여 동화물질의 합성 및 분해, 호흡 작용, 엽록소의 형성에 관여한다. 결핍되면 엽맥에서 먼 부분이 황색으로 변하며 화곡류에서는 세로로 줄무늬가 생긴다. 토양이 강알칼리성이거나 과습하거나 또는 철분이 과다하면 결핍상태가 초래된다. 과잉하면 뿌리가 갈색으로 변하고 잎이 황백화하여 만곡현상이 생긴다.

9) 붕소(B)

붕소는 미량요소로써 촉매 또는 반응조절물질로 작용하며 부족하거나 과다하면 각종 생리장해를 유발하여 이상 증상을 나타낸다. 개화 수정할 때, 꽃가루의 싹트기와 화분관의 신장을 촉진시켜 결실률을 증가시킨다. 뿌리와 신초의 생장점, 형성층, 세포분열기의 어린 과실에 필수적이다. 붕소가 결핍되면 분열조직의 발육이 중지되고 수정 결실이 나빠진다. 붕소는 알칼리성 토양이나 석회질 비료의 시용이 과다할 때, 사질토양에 유실이 많을 때, 건조에 의해 유실이 많을 때 부족하기 쉽다.

10) 규소(Si)

규소는 필수원소는 아니나 벼, 보리 등 화곡류에 중요한 요소다. 표피조직의 세포막에 침전해서 규질화를 이루어 병 저항성을 높이고 줄기를 튼튼히 하여 쓰러짐을 막아주고 수광 태세를 좋게 해준다.

	부 족	과 다
N	담황색.생장빈약.결실저하	암록색.웃자람. 종실지연
P	생장억제. 과실형성 불량	성숙이 빨라진다
K	위부터 황화. 뿌리 썩음	Mg, 석회 흡수 억제
Ca	잎끝 황백화.생장점 파괴	Mg,K.Zn 결핍 촉진
Mg	엽록소파괴.잎 황백화	

Fe	엽록소 생성방해.황백화	
S	생장 불량. 황백화	토양 산성화
Si	도복.생육지연.병충감염	

(7) 식물병

미생물의 존재를 처음 발견한 때는 1684년으로 네덜란드의 상인 레벤후크(Leeuwenhoek,1632~1728) 였다. 현재는 광학현미경을 지나 고성능 전자현미경을 통해 나노 크기의 바이러스도 관찰이 가능하다. 1나노메타(nm)는 10억분의 1m에 해당한다.

식물병은 크게 곰팡이, 바이러스, 세균, 선충 등으로 구분한다. 곰팡이는 진균이라고도 부르며 실 모양 균사체와 포자로 증식한다. 세균은 단세포 미생물로써 2분법으로 분열 증식 한다. 광학현미경으로 관찰이 가능하고 대개 $0.2 \sim 2\mu m$ 크기로 바람에 의한 이동이 불가능하다. 바이러스균은 17~2,000nm의 크기로 전자현미경으로 관찰할 수 있고 특정 산세포에서만 증식하고 전신병이라는 특성이 있다. 식물병은 공기, 물, 곤충, 씨앗, 부산물, 토양, 동물 등에 의해 전파·분산 된다.

· 공기 : 탄저병, 흰가루병, 노균병, 잿빛곰팡이병, 잎마름병,
　붉은별무늬병(배나무와 향나무), 보리 녹병, 도열병, 깨씨무늬병
· 물 : 벼의 잎집무늬마름병, 흰잎마름병, 탄저병(빗물)
· 흙 : 역병, 시들음병, 균핵병, 뿌리썩음병, 무름병, 바이러스병
· 충매 전염 : 오갈병, 모자이크병
· 수하물 및 부산물에 의한 전염 및 비료, 토양, 농기구에 의한

전염

· 농작업 : 토마토의 모자이크병(적심, 적아 때 사람에 의하여)
· 종묘 및 기타 : 과수의 근두암종병(묘목), 감자의 역병, 무름병

식물병은 환경에 큰 영향을 받는다. 발병환경에는 온도, 수분, 빛, 산도, 미생물 상호관계 등이 있다. 특히 토양의 산도에 따라 발병되는 경우가 많기 때문에 밭을 만들 때 토양 산도를 조절해 주도록 한다.

식물병의 진단은 육안, 해부학적, 이화학적, 병원적, 생물학적, 혈청학적 진단이 있는데 육안으로 잎, 줄기, 뿌리, 포기의 외형, 색깔, 변색, 무늬, 반점, 기형, 시들음, 타들어감, 무름, 썩음 등을 보고 진단한다. 식물병은 병충에 의해 발생하지만 햇빛, 수분, 영양의 부족이나 과잉, 저온 혹은 고온, 바람 등에 의해 장애가 발생하기 때문에 진단에 주의가 필요하다.

육안 진단으로는 시들음병, 오갈병, 암종병, 혹병, 구멍병 등이 대표적이다. 외형변화는 시들음, 무름, 오그라듬, 혹(뿌리,가지,줄기), 더뎅이가 있고, 무늬·색깔은 황화, 흑색엽맥, 갈색무늬, 점무늬, 줄무늬, 그을음이 있으며, 외형·냄새는 궤양, 위황, 불마름, 썩음 냄새 등이 있다. 병징으로도 아래와 같이 구분하여 진단한다.

· 흰가루병 : 잎·어린가지의 표면에 흰 가루를 뿌린 듯하다
· 균핵병 : 말라죽은 조직 속 또는 표면에 검은 쥐똥 같은 덩어리가 생긴다
· 잿빛곰팡이병 : 열매, 꽃, 잎이 무르고 그 표면에 쥐털 같은 곰팡이가 생긴다
· 노균병 : 잎의 뒷면에 흰서리 또는 가루 모양의 곰팡이가 생

긴다. 표면은 약간 누렇게 되므로 황달이라고도 한다
· 녹병 : 여름포자 세대에는 잎에 황색, 갈색의 가루를 내는 병반이 많이 생긴다
· 흰녹가루병 : 잎의 뒷면 표피가 터지면서 흰가루가 나온다
· 외형·생육의 이상으로서의 병징 : 모잘록병, 시들음병, 빗자루병, 잎말림병
· 무늬로서 병징 : 모자이크병, 점무늬병, 줄무늬병, 별무늬병

■ 식물병의 종류
· 곰팡이균 : 모썩음병, 모잘록병, 균핵병, 깨씨무늬병, 흰가루병, 덩굴쪼김병, 덩굴마름병, 콩미라아병, 그을음병, 녹가루병, 노균병, 감자겹둥근무늬병, 역병, 보리줄무늬병, 고구마검은무늬병, 탄저병, 배나무붉은별무늬병, 뿌리썩음병, 녹병, 깜부기병, 무배추검은무늬병
· 세균 : 유조직병, 물관병, 썩음병, 불마름병, 감자둘레썩음병, 더뎅이병, 구멍병, 풋마름병, 무배추 세균성검은무늬병, 궤양병, 무름병
· 바이러스 : 모자이크병, 오갈병, 감자잎말림병
· 벼의 병 : 잎집무늬마름병(문고병), 도열병, 키다리병, 모잘록병, 흰빛잎마름병. 줄무늬잎마름병(애멸구)

주요 식물병

1) 흰가루병
딸기, 오이, 토마토, 고추, 상추 등에 발생한다. 잎, 꽃, 과일 등 여러 곳에 감염된다. 처음에는 잎의 표면에 소량의 흰가루가 발생하며, 신선뇌녠 잎술기 선제가 닐가두를 뿌려놓은 섯처럼 곰팡이

포자가 발생하여 흰가루로 덮인다. 오래되면 흰가루가 회백색으로 변하고, 흑색의 소립점(자낭각)이 형성된다. 후에 병든 잎은 고사한다. 시설재배 시 저온 건조 상태에서 많이 발생하며 질소비료를 많이 주거나 석회, 인산이 부족한 토양에서 발생한다. 병든 잎을 빨리 제거하고 밀식을 피하며 일조, 통풍을 좋게 하며 관배수에 유의한다.

2) 노균병

고추, 호박, 오이 등에 발생한다. 처음에는 잎 표면에 부정형의 담황색 반점이 생기며 주로 아래 잎부터 발생된다. 병이 진전되면 병반은 합쳐지고, 잎 뒷면에 흰 균사체로 보이는 많은 유주자낭을 형성하게 된다. 병든 잎은 잎 끝에서부터 갈색으로 변하여 썩고 말라죽는다. 전 생육기에 발생한다. 이슬, 물방울과 함께 잎 숨구멍을 통해 전염된다. 저온다습, 질소비료 편용으로 연약하면 발병한다. 병든 잎은 빨리 제거하고 습도가 높지 않도록 관리한다. 포장을 청결히 하고 잎에 물방울이 장시간 맺혀 있지 않도록 한다.

3) 잿빛곰팡이병

박과, 가지과, 시금치, 딸기, 파, 화훼 등에 발병한다. 처음에 담갈색 수침상의 작은 병반이 형성되고 확대되어 잎과 그루 전체가 부패한다. 잎 끝부분에서 감염이 시작될 때는 잎이 갈색으로 오그라들고, 다른 잎으로 병이 전염된다. 발생조건은 저온 다습(15~20℃) 환경이며 20℃ 이상, 환기와 통풍에 유의한다. 질소 편용, 연약한 식물체가 걸리기 쉽고 병든 잔재물은 조기 제거한다.

4) 탄저병

고추, 호박, 수박, 오이 등에 발병한다. 잎, 줄기, 열매에 주로 발생하며 처음에는 갈색 반점이 생겨 확대되며 줄기나 과일이 움푹 패인다. 비가 많이 오고 온도와 습도가 높을 때 발생이 많아진다. 내병성이 강하고 무병 종자를 고르고 이어짓기를 피한다. 물 빠짐이나 통풍이 나쁘고 과다한 질소질 비료 등일 때 심하다.

5) 혹병/궤양병

혹병은 식물의 뿌리, 줄기, 잎 등에 혹이 형성된다. 주로 뿌리와 지면 부위 줄기에 발생하여 수량이나 품질을 떨어뜨리거나 식물체를 고사시킨다. 궤양병은 식물의 줄기, 가지, 새순, 열매 등에 발생하는 병으로 발생부위나 재배작물에 따라 병징이 다르게 나타난다. 줄기나 가지에서 병징을 쉽게 확인할 수 있으며 혹병과는 달리 감염부위가 쪼개진 듯 움푹 들어가 완전한 혹 모양으로 되지는 않는다.

6) 세균성 점무늬병

잎에 주로 발생하며 처음에는 원형, 부정형의 작은 수침상 반점이 형성되고, 병반이 잎 전면에 형성되어 잎이 변색된다.

7) 마름병

주로 잎에 발생한다. 점무늬병과는 달리 병반이 불규칙적으로 넓게 발생한다. 초기에는 잎면의 일부에 노란색이나 갈색의 마름증상이 나타나며 점차 진한 갈색이나 검은색으로 변한다. 병반 주위에는 노란색의 띠를 동반하는 것이 특징이다.

8) 시들음병

식물체의 잎과 줄기가 푸른 상태로 시드는 병으로 온도와 습도가 높은 여름철에 많이 발생한다. 발생초기에는 식물체의 일부가 시들음 증상을 나타내지만 심하면 식물체 전체가 시들어 죽는다. 세균에 의한 시들음병은 상대적으로 온도가 낮은 아침이나 대기 중의 습도가 높을 때는 정상적으로 회복되었다가 온도가 높고 수분증산이 심한 한낮에는 다시 시드는 현상이 반복되었다가 완전히 시들어 죽는다. 또한 병원균에 의하여 침입을 받는 부위는 곰팡이병과는 달리 우유빛의 세균분출물이 생성되는 것이 특징이다.

9) 역병

오이, 참외, 가지과, 파류 등에서 널리 발생한다. 병원균이 주로 토양에서 줄기에 감염되어 물러썩으며 지상부 전체로 퍼진다. 병원균은 병든 식물체의 조직에서 균사나 난포자 상태로 월동한 후 다시 싹트기 하여 1차 전염원이 된다. 발생 병원균은 전국적으로 널리 퍼져 있다. 장마철 우기의 고온다습(28℃ 이상), 토양수분이 높을 때에 많이 발생한다. 이어짓기, 밀식, 질소 편용, 물 빠짐 불량이 발병 원인이 된다. 역병내성균 품종(PR고추)을 선택한다.

10) 무름병

무, 배추, 상추 등 배추과, 가지과, 박과, 파류 등에서 발생한다. 땅 쪽 부근에서 수침상의 병반이 생기며 식물조직이 물러 썩으며 시들어 죽는다. 병든 부위가 부패하여 악취가 나는 것이 일반적 특징이다(연부병). 채소류의 무름병은 주로 지하부 조직을 중심으로 발생하는 경향이 있다. 과실에도 발생한다. 주로 과실의 상처 부위에서 감염이 시작되며, 병든 과실은 물러 썩고 속이 소실되며, 회백색으로 변한다. 토양 전염성으로 물을 따라 이동하며 상처 부위로 침입한다. 온도가 높고, 다습한 토양에서 발생하며 질소질 과다, 연약한 식물체의 경우 발병이 쉽다. 약재는 예방 살포하지 않으면 방제효과가 거의 없다.

11) 배추 무사마귀병(뿌리혹병,근부병)

뿌리에 여러 개의 혹이 생기고 병든 뿌리가 갈색으로 변하며 부패가 점차 심해진다. 배추, 무, 순무 등 배추과 채소에 발생하는 대표적 병이다. 곰팡이성 병으로 땅속에서 7~8년 생존하며 토양전염 되며 전염이 매우 강하여 방제에 어려움을 겪고 있다. 방제는 돌려짓기가 좋으며 토양을 소독하고 산성 토양에서 잘 발병하기 때문에 토양산도를 pH 7.2 이상으로 교정해준다. CR계통 배추품종을 선택한다.

12) 균핵병

잎이나 줄기가 뜨거운 물에 담근 것 같은 수침상이 되고 흰색의 균사를 밀생하며 후에 회색, 검정의 생쥐똥같은 균핵이 형성된다. 생육기, 수확 후 운송, 저장 중에도 발생한다. 산성토양에서 많이 발생하므로 석회를 사용하여 토양산도를 중성으로 교정한다. 시설재배에서 이어짓기, 저온(20℃), 다습에서 많이 발생한다.

13) 잘록병(입고병)

유묘기와 육묘 때 주로 묘판에서 발생하며, 싹트기 후 식물체의 땅쪽 아래가 잘록하게 썩으며 쓰러져 말라 죽는다. 저온 다습, 질소비료 편용 때 발병하며 대부분 토양, 씨앗을 통해 전염된다.

14) 더뎅이병

식물체의 괴경이나 지하부 줄기, 뿌리의 표면에 부스러기가 형성되는 병으로 감자, 고구마, 땅콩 등에서 발생한다. 주로 감자에서 피해가 심하며 병으로 인한 수량감소 보다는 외관상 좋지 않아 상품가치를 떨어뜨린다.

15) 갈색무늬병(갈반병)
진균의 일종인 Phomopsis에 의하여 발생하는 마름병. (구분: 점무늬낙엽병 갈색무늬병)

식물병의 방제

친환경농업의 무농약, 유기농업에서는 식물병을 방제하기 위한 화학농약인 살균·살충제 살포 같은 화학적 방제법을 사용할 수 없다. 따라서 그 이외의 방법으로 방제하여야 한다. 식물병을 방제하기 위해서는 예방과 저장물을 잘 관리하는 것도 중요하다. 친환경 방제에는 다음과 같은 방법을 이용한다.

첫째는 경종적 방제법을 이용한다. 병에 저항성이 강한 품종을 선택하고 재배상으로는 씨뿌림 시기 조절, 윤작, 혼작, 재배양식의 변경, 거름주기법 개선, 포장의 정결한 관리, 중간숙주식물의 제거, 중경·제초·봉지 씌우기 등을 활용한다.

둘째 물리적 방제법을 이용한다. 낙엽을 소각하고 밭 토양에 물을 대 담수하거나 유아등 설치, 온탕처리와 건열처리, 유충의 포상 및 산란한 알 채취 등을 통해 식물병이 발생할 환경요인을 절감한다.

셋째 화학적 방제법을 이용한다. 화학적 방제법은 친환경 농자재로 등록된 것을 이용한다. 씨앗, 모, 토양 등을 친환경 농자재를 이용하여 살균, 소독 한다. 참고로 소독법에는 온탕침법, 냉수 온탕침법, 욕탕침법, 침지법, 분의법, 훈증법 등이 있다.

넷째 생물학적 방제법이다. 곤충은 직접 식물을 가해하기도 하지만 병을 옮기기 때문에 충을 방제하는 것이 중요하다. 생물학적 방제로 천적을 이용해 충을 방제한다.

마지막으로 법적·행정적 방제법으로 공항이나 항구에서 식물 검역을 철저히 하고 병 발생 예찰제도를 운영하며 식물병 방역법을 제정하는 것이 해당된다.

(8) 작물의 충해

농업에 해를 끼치는 동물은 곤충이 압도적이다. 진딧물을 비롯하여 밤나방, 담배나방, 고자리파리, 벼룩잎벌레, 멸구 등이 여기에 속한다. 특히 나방류가 많은데 해충의 40%를 점유한다고 한다. 작물에 해를 끼치는 것은 곤충만은 아니다. 선충류도 있고 두더쥐, 달팽이 같은 종류도 있다. 곤충이 끼치는 해는 병해와 함께 둘을 합쳐 병충해라고 부를 만큼 대표적인 영역이 되었다.

곤충은 동물 중 가장 많은 종을 차지하고 있다. 알려진 숫자만 120만여 종이고 그 중 딱정벌레류가 50만여 종이다. 곤충이 지구상에 3억5천만 년 오래도록 번성해 온 배경에는 작은 몸체를 가져 적은 에너지로도 개체를 유지할 수 있고 생존에 유리한 특성을 가졌기 때문일 것이다.

곤충의 몸은 머리, 가슴, 배, 3쌍의 다리, 2쌍의 날개 구조로 되어있다. 이동하기 쉬운 날개를 가진 점이 특징적이다. 생활사의 측면으로는 '알 - 유충 - 번데기 - 성충'을 거치면서 변태를 한다.

작물에는 유충과 성충 시기에 해를 끼치고 있다. 또한 밤에 활동하는 것이 많다.

곤충은 이외에도 여러 가지 특징을 가지고 있다. 식성으로 보면 초식성(사과응애, 점박이응애), 단식성(감꼭지나방, 벼멸구, 누에, 솔나방), 협식성(배추흰나비), 잡식성(거세미나방, 흰불나방, 메뚜기, 쐐기나방, 집시나방), 포식성(됫박벌레, 파리매, 말벌, 풋잠자리, 무당벌레, 노린재, 딱정벌레, 꽃등애), 기생성(사과면충좀벌, 고치벌) 등이 있다. 입틀이 잘 발달하여 빠는형(나비, 진딧물, 벌), 저작형(메뚜기, 잠자리), 찌르고빠는형(모기, 벼룩), 적셔먹는형(집파리), 씹고핥는형(꿀벌), 갈라빨음형(총채벌레), 빨대형(나비)으로 다양하다. 또한 일반 동물과 달리 곤충은 표피가 '시멘트층, 왁스층, 지질층'의 구조를 지닌 단단한 보호층으로 되어 있다.

■ 곤충의 분류
곤충은 분류(문강목과속종) 상으로 '절족동물문 - 곤충강'에 속하며 아래와 같이 날개 유무, 날개를 접기의 여부, 변태 방법으로 분류하고 있다.

- 무시(無翅)아강 : 원래 날개가 없다 (톡토기, 좀)
- 유시(有翅)아강 : 날개가 있지만 2차적으로 퇴화된 것도 있다.
  - 고시류 : 날개를 접을 수 없다 (하루살이, 잠자리)
  - 신시류 : 날개를 접을 수 있다.
    - 외시류 : 불완전변태(진딧물, 메뚜기, 노린재, 멸구, 콩가루벌레)
    - 내시류 : 완전변태 (딱정벌레, 파리, 나비)

■ 주요 곤충 목에 속하는 해충은 아래와 같다.

나비목 : 밤나방, 자나방, 쐐기나방

파리목 : 고자리파리, 작은뿌리파리, 아메리카잎굴파리, 혹파리

매미목 : 진딧물, 깍지벌레

딱정벌레목 : 하늘소, 나무좀, 풍뎅이, 벼룩잎벌레, 거위벌레,
　　　　　　바구미

노린재목35) : 썩덩나무노린재, 배나무방패벌레

벌목 : 대부분 천적류이나 허리가 두터운 잎벌류나 밤나무에 혹을
만드는 혹벌류, 배나무의 신초를 가해하는 배나무벌 등은 해충에
속한다.

총채벌레목 : 파총채벌레, 벼총채벌레, 꽃노랑총채벌레

해충의 종류

1) 진딧물

진딧물은 지역에 따라 진딤물, 진드물, 뜬물, 뜸물, 비리 등 다양한 이름을 갖고 있다. 크기는 2~4mm로 눈으로 관찰할 수 있으며 단위생식으로 번식한다. 종류가 4,700여종에 이를 정도로 다양하다. 알로 월동하여 3월하순~4월 상순이면 부화하여 어김없이 출현하는 대표적인 해충이다. 잎의 즙액을 빨아먹고 각종 바이러스병을 매개한다. 주

---

35) 노린재는 노린재목, 노린재과에 속하며 한국에 500여 종, 세계적으로
3,500여 종이 분포한다. 종류, 모양, 생태가 다양하며 몸은 납작하고 거
의 여섯모꼴이다.

요 진딧물로는 배추과, 가지과, 박과, 콩과 등을 가해하는 복숭아혹진딧물, 가지과, 박과, 아욱과 등을 가해하는 목화진딧물이 있다. 천적은 꽃등애류, 진디벌류, 무당벌레류, 풀잠자리류 등이다.

2) 응애

응애는 같은 절족동물이지만 곤충강이 아닌 거미강 진드기목에 속한다. 크기는 1~2mm로 눈으로 식별이 곤란할 정도로 작다. 난생이며 3만종 이상으로 아주 다양하다. 잎 뒷면에서 세포 내용물을 빨아먹어 잎 표면에 작은 반점이 나타나고 연녹색으로 변색되다 점차 황색~갈색으로 변하면서 잎이 말라 죽는다. 아래 잎에서 발생이 시작하여 새잎으로 확산된다. 피해 부위에 가느다란 거미줄이 보인다. 방제는 작물재배 후 작물 잔재물을 청소하여 치워 발생원을 없앤다. 발생 초기에 약제를 살포하는 것이 효과적이다. 그러나 빈번한 약재 사용으로 저항성이 유발되어 방제 어려움이 크다. 특히 잎응애는 약제에 대해 저항성이 쉽게 발달하므로 같은 계통의 약제를 계속 사용하지 않도록 한다.

3) 밤나방

나비목 밤나방과에 속한다. 도둑벌레라고도 부른다. 나비류 중 종류와 숫자가 가장 많아서 우리나라 경우 나비류 3,200여 종의 25%인 800여 종에 달한다. 1년에 여러 차례 출현하며 한번에 300~3,000개 알을 낳는다.

피해를 끼치는 해충으로 파밤나방, 담배나방, 멸강나방, 거세미나방 등이 있으며 피해작물도 배추, 양배추, 파, 고추, 콩, 오이 등 광범위하며 식물의 잎, 표피를 폭식한다. 산란 수는 1천개이며 8~9월에 피해가 심하다. 다 자란 애벌레는 35mm 정도로 색깔이 녹색에서 자라면서 흑갈색으로 변한다. 내성이 강한 해충이다.

4) 담배나방

밤나방과의 대표적인 해충이다. 고추, 담배, 토마토, 옥수수 등에 피해를 끼치고 과실 속 또는 줄기를 파고들어가 가해하여 상품 가치를 떨어뜨리며 2차 병해를 발생시킨다. 애벌레는 성장하면서 밤에만 활동한다. 유충은 연한 녹색이며 번데기로 월동하고 1세대는 35일 정도다.

5) 거세미나방

피해 작물이 무, 양배추, 오이, 콩, 파, 옥수수 등 다양하여 거의 모든 채소류와 밭작물을 가해한다. 심한 잡식성으로 발생이 많으면 식물체의 줄기만 남긴다. 유충이 밤에 활동하는 습성이 있어 야도충이라고도 부른다. 알에서 부화한 어린 유충은 군집 생활을 하고 2~3령이 되면 분산한다. 고온에서 많이 발생하며 시설에서는 연중 발생한다.

6) 멸강나방

조밤나방이라고도 부른다. 유충인 멸강충은 잎을 갉아먹는 돌발해충으로 벼, 보리 같은 벼과작물을 먹고 산다. 강토를 멸망시켰다는 의미인 '멸강'이라는 이름이 붙을 만큼 번식력이 뛰어나고 폭식한다. 약제에 대한 내성은 약한 편으로 알려져 있다.

7) 좀나방

배추, 양배추, 무, 유채, 파 등 잎을 가해한다. 초기에는 잎 속으로 굴을 파고 들어가 잎 뒷면에서 잎을 갉아 넣어 흰색의 표피를 남기며, 심하면 구멍을 뚫고 잎맥만 남기며, 잎, 포기속 등을 무자비하게 먹어치우기도 한다. 애벌레는 1cm 정도로 녹색을 띠며 성충은 몸길이 6mm, 날개를 펴면 12~15mm 정도다. 생태적으로는 100~200개를 산란하며 한 세대는 16~23일이고, 잎 뒷면에 그믈 모양의 번데기를 형성한다.

8) 벼룩잎벌레(딱정벌레목, 잎벌레과)

배추, 무, 양배추, 오이, 가지 등 작물의 어린 묘에 피해를 주는 해충으로 전국적으로 발생한다. 낙엽, 풀뿌리, 흙덩이 틈에서 월동한 성충은 3월 중하순부터 출현하여 연 3~5회 발생한다. 4월에 성충이 작물의 뿌리나 얕은 흙 속에 1개씩 산란하여 30여 일간 한 마리가 150~200개를 낳는다. 성충은 5~6월에 증가하며, 여름철에 다소 줄어든다. 묘에 피해가 많고, 갉아먹은 구멍은 생육하면서 커진다. 벌레의 몸길이는 1.5~23mm 정도다. 유충은 땅속에서 무나 순무의 뿌리 표면을 불규칙하게 먹어, 흑부병을 유발하는 원인이 되기도 한다. 늦은 봄부터 여름까지 피해가 심하다.

9) 배추흰나비

무, 배추, 양배추 등에 발생한다. 가을 김장무, 배추까지 세대를 되풀이하기 때문에 봄부터 가을까지 각 충태를 볼 수 있다. 봄에 피해가 심하며, 장마와 더불어 무더운 여름철이 되면 발생이 줄었다가 가을철에 발생이 늘어난다. 년 4~5회 발생한다. 번데기로 식물체, 담벽, 처마 등에 붙어 월동하고 이른 봄부터 성충이 되어 무, 배추, 양배추 또는 냉이와 같은 야생 배추과 식물의 잎 뒷면에 알을 낳는다. 알은 하나씩 낳는다. 유충이 어릴 때는 잎의 표피만 남기고 엽육을 가해하나, 다자란 유충은 잎줄기만 남기고 폭식한다. 특히 가을과 봄에 피해가 심하고, 심한 피해를 받은 배추와 양배추는 알들이가 되지 않는다. 기생성 천적으로 배추나비고 치벌이 있다.

10) 굴파리

파, 오이, 호박 등에 발생한다. 유충이 잎에 굴을 파고 돌아다녀 표면에 하얀 줄이 생긴다. 자란 유충은 잎을 뚫고 나와 토양에서 번데기가 된다. 년 4~5회 발생한다. 수확하고 잔재물을 소각한다.

11) 온실가루이

오이, 딸기 등에 발생이 많다. 식물체의 즙액을 빨아먹어 생장이 저해되며 배설물로 그을음병이 발생된다. 온실재배 경우 환기구와 창에 망사를 설치하는 것이 좋다. 천적을 이용한 방제로는 주로 온실가루이좀벌을 이용한다.

- 시설채소의 주요해충
배추과 채소: 배추좀나방, 배추흰나비, 배추순나방, 벼룩벌레(배추)
가지과 채소: 담배나방, 진딧물류
오이과 채소: 오이잎벌레, 페포닉스밤나방, 작은각시들명나방, 진딧물
달래과 채소: 뿌리응애, 고자리파리, 파좀나방, 파굴파리, 총채벌레, 파혹진딧물
명아주과 채소: 시금치꽃파리, 흰띠명나방
- 선충류
크기가 1mm 내외로 고추, 오이, 토마토, 당근, 배추 등을 가해한다. 뿌리에는 혹이 형성되며 이상 비대 현상이 발생하여 양분과 수

분의 흡수 능력이 크게 감소하여 결국에는 시들어 죽는다. 기주 범위가 대단히 넓다. 500~1,000개 산란하며 4~5주 기간으로 한 세대를 이룬다.

■ 기타 : 흑명나방, 바구미, 깍지벌레, 어스랭이밤나방, 솔잎혹파리, 이화명나방, 멸구, 끝동매미충

해충의 방제

친환경 농법으로 작물을 재배하는 경우 식물병과 마찬가지로 해충을 방제하기 위해 그동안 널리 사용해 온 화학농약인 일반 살충제를 사용할 수 없다. 이에 따라 친환경 살충효과가 있는 친환경 약제가 개발되고 있지만 기대효과는 일반 농약에 비해 낮은 것이 현실이다. 특히 열매의 당도가 높아지고 외래해충의 비래도 출현하고 있고 더구나 오랫동안 살충농약에 의존한 관행을 떨치기가 쉽지 않기  때문에 무농약 이상의 재배가 어려운 조건이다.

일반적으로 일반 살충제는 소화중독제, 접촉제(제충국, 유기인제, 드린제, 파라치온), 훈증제(메틸브로마이드), 침투성살충제, 기피제(나프탈렌), 불임제, 유인제, 살비제(주로 식물에 붙는 응애류를 죽이는데 사용), 살선충제(주로 식물의 지하부에 기생하는 선충류 방제(DD, 베이팜)), 살서제(쥐, 두더지(fratol, warfarin, ANTU)), 페로몬 등이다.

친환경적인 해충의 방제법은 다음과 같다.

첫째 재배적 방제법이다. 재배시기 조절, 내충성 품종의 이용,

재배관리의 개선(사이짓기, 섞어짓기, 돌려짓기), 환경조건 변경, 미기상의 변경(기상조건), 포장위생, 흙갈이, 토성의 개량이 해당된다.

둘째 기계적·물리적 방제법이다. 기계적 방법에는 유살, 포살, 차단, 물리적 방법에는 온도처리, 수분, 광선, 방사선(치사, 불임) 이용 등이 있다.

셋째 화학적 방제법이다. 친환경 약제로 등록된 약제를 이용한다. 보르도액, 황토유황합제 등이 이용되고 있다.

넷째 생물적 방제법이다. 메리골드, 박하(페퍼민트), 한련화, 까마중 등 방충 기피식물을 이용한다. 오이과 채소(수박 오이) 주변에 수세미를 유인식물로 재배하면 오이잎벌레 피해 줄여주고, 고추나 오이 밭가에 쪽파 등을 2~3열 재배하면 입고병 예방 효과가 있는 것으로 알려져 있다. 생물적 방제법으로 최근 가장 활발히 연구되어 보급되고 있는 방법은 천적 생물을 이용하는 것으로 다음과 같은 천적 생물을 이용한다.

온실가루이 : 온실가루이좀벌, 카탈리네무당벌레
총채벌레 : 오리이리응애, 애꽃노린재
응애 : 칠리이리응애, 캘리포니쿠스응애, 꼬마무당벌레
잎굴파리 : 굴파리좀벌, 잎굴파리고치벌
진딧물 : 무당벌레(28점무당벌레는 해충), 풀잠자리, 꽃등애, 풀잠자리, 됫박벌레, 진디혹파리, 클레마니진딧벌
송충 : 백강균
멸강나방 : 찌르러기
나비목해충 : 침파리, 고치벌, 맵시벌
포식성천적 : 무당벌레, 풀잠자리, 애꽃노린재, 이리응애 등
각송해충 : 딱정벌레

(9) 농약(식물보호제)

농약에는 화학농약, 생물농약, 한방농약 등이 있다. 이 중 문제되는 것은 화학농약이다. 제1차 세계대전 이전에는 제충국, 고래기름 등 자연물이나 천연화합물이 농약의 주류였다. 제1·2차 세계대전은 중화학공업의 급속한 발전을 통해 군사기술이 발전하였고 화학산업에서는 독가스가 개발되었다. 제1차 대전 중 개발된 염소가스 병기인 유기염소 화합물은 전후에는 살충제의 주류를 이루고 최루가스인 크로르피크린은 토양살균제로 사용된다. 이어 유기인 화합물이 개발되었고 히틀러는 독가스 병기로 개발할 것을 명령했다. 독일이 패전 때까지 개발한 유기인 화합물 종류가 2천여 종류였다고 한다. 제2차 대전 후에는 유기인계 농약으로 파라치온과 EPN이 개발되고 열대지방에 출정한 병사들의 말라리아 모기 퇴치용 유기염소계 농약인 DDT는 전후 가장 일반적인 살충제로 사용된다.[36]

1960년대에는 화학농약에 의한 환경오염, 식품오염, 인체피해 등이 표면화되고 유기수은제, DDT, BHC, 파라치온 등의 사용이 금지되고 1970년대에는 잔류농약 대책, 농약 등록 제도의 개선과 사용규제 제도 등 농약에 관한 제도의 개정이 이루어진다. 안전하다고 등록되어 사용해 온 농약도 만성독성, 잔류성, 발암성, 생물농축성, 내분비교란성, 변이원성 등이 문제가 되어 사용금지 되거

---

36) 고엽제 '에이전트 오렌지'의 성분인 '2, 4-D'를 혼합해 만든 것이다. 에이전트 오렌지는 베트남전 당시 사용된 고엽제로, 비호지킨성 림프종과 파킨슨병과 같은 질병을 유발하고 면역시스템에 문제를 야기한다는 이유로 1971년 사용이 금지됐다.

나 사용이 규제되고 있다.

농약은 얼마 전부터 '식물보호제'라고 부르고 있다. 농약에 대한 대중들의 인식이 좋지 않아 고친 것 같다. 사람이 병이 나 병원에서 처방받아 먹는 것이 '약'이고 그 약을 파는 곳이 '약국'인데 병충의 해를 입는 식물에 처방하여 사용하는 것을 '농약'이라 부르는 것이 듣기 거북한 이유가 무엇일까.

농약이 쓰임새가 있으려면 살균살충 효과가 있어야 하고 가격도 너무 비싸지 않아야 하고, 작물과 가축, 사람에게 해가 없어야 한다. 또한 품질도 균일하고 변질이 안 되며 혼용이 되면 더욱 좋으며 사용법이 간편할 것 등이 요구된다.

농약의 종류로는 살균제와 살충제가 가장 많고 이외에도 살비제(응애), 살선충제, 살서제, 제초제, 보조제로 구분한다. 사용형태는 액제(용액), 유제, 수화제, 분제, 가스제, 연무제가 있다. 또한 약의 기능상으로는 소화중독제, 접촉제, 훈증제, 침투성살충제, 기피제, 불임제, 유인제가 있다. 작용 상으로도 살충작용을 예로 들면 접촉, 중독시켜 생식, 신경, 원형질, 피부, 호흡, 근육 등 다양한 기능을 하는 농약들이 공급되고 있다.

농약은 작물의 병충을 방제하는 것이 목적이지만 약은 잘못 사용하면 토양에 잔류하고 작물에 잔류하여 독이 된다. 그래서 농약은 독성의 강도에 따라 1급(맹독성), 2급(고독성), 3급(보통독성), 4급(저독성)으로 구분하고 어독성으로도 1.2.3급으로 나누고 1.2급은 포장지에 경고 문구를 적고 있다. 농약은 반드시 안전 사용법을 준수해야 한다. 잘못된 사용의 예로는 과잉살포, 시기오판, 약제오해, 근접살포 등이다.

농약의 종류는 농약 포장지와 병마개의 색깔을 보고 알 수 있다. 살균제는 분홍색, 살충제는 녹색, 제초제는 황색(비선택성은 적색), 생장조절제는 청색, 맹독성 농약은 적색, 기타 약제는 백색, 혼합제 및 동시 방제제는 해당 약제의 색깔을 병용하여 표시한다.

우리나라는 2008년 OECD 보고서에서 합성농약 사용량이 1위를 차지할 만큼 농약에 의존하는 농사를 해왔다. 화학농약의 사용은 병해충을 방제하는 것을 넘어 유익충을 사멸시키고, 환경오염을 유발하며 먹이사슬을 통해 생물농축이 일어나 인간에게 흡수되어 결국 인체에 해를 끼치며 고농도에 의한 약해를 유발하는 등 많은 문제를 안고 있다. 친환경 약제라도 잘못 사용하거나 과잉 사용하면 예외가 아니다.37)

■ 농약 희석법
원액의 용량×(원액의 농도/희석할 농도-1)×원액의 비중 = 희석할 물의 양
원분제 중량×(원분제의 농도/희석할 농도-1) = 희석할 증량제의 양
■ 식물생장조절제
1) 옥신류 : 굴광현상, 극성이동, 정아우세현상 - 발근촉진, 접목의 활착촉진, 개화촉진, 가지의 굴곡유도, 열매떨어짐 방지, 열매달림 증대, 과실비대, 과실의 성숙촉진, 생장촉진 및 수량증대로 이용
2) 지베렐린 : 휴면타파와 싹트기촉진, 화성유도 및 개화촉진, 경엽의 신장촉진, 단위결과유도, 수량증대, 성분변화
3) 시토키닌 : 씨앗싹트기촉진, 잎생장 촉진, 잎의 노화지연, 열매달림증

---

37) 농약이 건강에 미치는 영향을 대중에게 설득력 있게 설명해준 사람은 레이첼 카슨의 책 '침묵의 봄'이었다 (1962년). 그는 1950년대에 캘리포니아주 클리어 호수에서 모기 살충제로 뿌려진 0.02ppm의 소량의 DDD가 '플랑크톤-작은물고기-큰물고기-논병아리(물새)'라는 호수의 먹이사슬을 통해 물새에 유독물질이 1,600ppm이라는 고농도로 농축되어 축적됨을 설명하였다.

진, 모양과 크기향상, 저장 중의 신선도유지, 식물의 내동성증대

4) ABA : 스트레스호르몬, 잎의 노화, 낙엽촉진, 휴면유도, 휴면아형성, 싹트기억제

5) 에틸렌 : 성숙호르몬, 싹트기촉진, 정아우세타파, 생장억제, 개화촉진, 성발현의 조절, 낙엽촉진, 열매솎기

6) 생장억제물질 : B-nine, phosfon-D, CCC, Amo-1618, MH, Rh-531, BOH, 2,4-DNC, 모르파크틴

제초제[38]

재배토양에 재배목적이 아닌 것이 자라면 이를 일컬어 잡초라 부르고 있다. 이 잡초를 제거하는 노동이 제초인 셈. 잡초가 생명력과 생장속도, 증식이 재배작물보다 뛰어나기 때문에 논밭 경작지에 자라 오르는 풀을 제거하는 노동은 매우 힘든 작업에 속한다. 더욱이 풀이 왕성히 자라는 5,6,7,8월의 한낮 태양 볕은 뜨겁고 습한 무더위의 숨이 턱턱 막히는 철이고 바쁜 노동에 일손은 달릴 때다. 이러한 풀매는 노동은 풀을 죽이는 제초제가 나오면서 한결 경감되었다. 제초제의 사용은 안 하는 경우보다 몇 배의 노동량을 줄여줄 만큼 효과적이었다. 그러나 이후 제초제의 해로운 독성이 알려지면서 제초제는 논쟁적인 문제가 되었다.

도시농부들과 귀농 귀촌 귀향을 하는 사람들 많은 수가 제초제를 쓰지 않는 친환경 농사를 선호한다. 무농약, 유기농업을 하는 농부들은 제초제를 아예 쓰지 못한다. 이렇게 제초제를 쓰지 않는 사람들은 종종 농촌에서 이웃과 갈등을 일으키기도 한다.

---

38) 제초제 종류 : 이행성 - 근사미, 접촉성 - 밧사그린, 그라목손 / 선택성제초제 - 일반 제초제, 비선택성제초제 - 그라목손, 근사미 등.

한 지인이 도시 생활을 정리하고 고향으로 귀향했다. 그가 경작하는 농지는 3천 평 정도 되는 밭과 마당 앞 텃밭 2백여 평. 그는 제초제를 쓰지 않았다. 그러나 밭을 두고 부모, 특히 어머님과 대립하는 경우가 종종 발생한다. 밭과 주변을 풀 없이 깨끗이 정리해온 어머니는 자식이 제초제 안 쓴다며 풀 관리를 엉망으로 하는 것을 보다 못해 풀약(=제초제)을 치기 때문이었다. 비슷한 다른 예도 있다. 자연친화적인 농사를 짓는다며 밭, 집주변에 수북이 자라게 풀을 방치하는 귀농인의 행위를 보고 동네 농민은 농사를 짓는다면서 집마당 풀도 관리 못한다며 쯧쯧 혀를 차는 경우도 비일비재하다.

도시농원에서 몇 평을 분양 받아 갓 시작한 도시농부 역시 처음에는 이깟 몇 평 짜두리 땅 하며 봄날 호기롭게 달려들다가 6~8월 여름 장마철에 어느새 쫓듯 자라 오르는 풀에 그만 손을 들고 마는 모습도 종종 마주치는 광경이다. 작은 면적에서도 이러는데 수천 평, 수만 평 농사짓는 농부는 이 풀을 어찌할 것인가.

제초제는 20세기 화학공업의 발달의 소산이다. 만드는 원료인 유기인, 유기염소제는 이차대전 인명 살상용으로도 쓰였고 베트남전쟁 때는 고엽제의 원료가 되기도 했다. 그 이후 자본주의 사회에서 농업생산력과 노동생산성을 올리는 데에 있어서 제초에 드는 노동시간이 절대적이기 때문에 제초제는 절대적인 필요조건이 되었다. 그러나 동시에 제초제가 가진 유해성, 잔류독성이 줄기차게 문제가 되어왔다. 우리나라에서도 그라목손 같은 고독성 제초제가 2012년 사용금지 되기도 했다. 다른 한편에서는 새로운 농약의 개발도 계속되었다.[39]

---

39) '라운드업'은 에이전트 오렌지의 사용이 금지되자 몬산토가 환경친화적으로 개발한 제초제이지만 내성이 생긴 슈퍼 잡초를 제거하지 못하고 토양

어떤 농사를 지을 것인가. 제초제의 유해성을 알지만 제초 노동을 줄여 생산성을 올리고 규모에 맞는 영농을 영위하기 위해서는 필요하다는 주장과 유기농·환경운동·식품안전옹호론자 사이에 이해가 충돌하고 있는 현실이다.

(10) 친환경 약제의 이용

친환경 농사를 짓는 사람들이 겪는 대표적인 어려움을 꼽는다면 밭에 번성하는 병과 해충을 어떻게 방제해야 할 것인지에 대한 고민일 것이다. 농사교육을 진행하면서 수강자에게 종종 단도직입적으로 던지는 질문이 있다. "여러분 친환경 농업은 농약을 씁니까 안씁니까?" '쓴다, 안쓴다'로 답을 나눠 손을 들게 해 수를 세어보면 '안쓴다'는 대답이 생각보다 많이 나온다. 친환경농업의 농약 사용 여부는? '쓴다'가 답이다. 농약을 사용하는데, 어떤 농약을 쓰는가? 화학적으로 제조된 일반농약이 아니라 친환경농업육성법 등 관련법에 규정되어있는 친환경 농약을 사용한다. '안쓴다'는 생각은 그동안 알려진 농약의 문제점들을 접한 사람들의 농약에 대한 거부 심리가 '쓰지 않아야 한다'로 투영된 결과가 아닐까 생각한다.

친환경농업에서는 친환경 약제로 등록된 약제를 이용해 병해충을 방제한다. '친환경농업육성법시행규칙'의 '병해충관리를 위하여

오염을 유발시킨다는 비판을 받아왔다. '라운드업'의 원료로 쓰이는 글리포세이트는 국제암연구소가 '거의 암을 일으키는' 물질로 분류한 물질. 고독성의 제초제의 사용은 인간과 환경에 해로울 뿐만 아니라 사용량의 증가로 제초제 내성을 가진 슈퍼 잡초의 진화를 나을 것도 우려하고 있다.

사용이 가능한 자재'에는 다음과 같은 것들이 있다.

〈제충국, 쿠아시아, 라이아니아, 님 추출물. 밀납. 천일염. 동식물성 오일. 인지질(레시틴). 난황. 식초 등 천연산. 목초액. 천연식물에서 추출한 제재·천연약초·한약재. 키토산. 구리염. 유황. 보르도액. 수산화동. 생석회 및 수산화칼슘. 규산염. 미생물 및 미생물 추출물. 천적. 페로몬. 비눗물. 에틸알코올. 향신료·생체역학적 제재 및 기피식물. 기계유 등〉

일반 농자재시장에도 다양한 친환경농자재들이 나와 있다. 자연에 존재하는 천연물질과 미생물을 이용해 개발한 제품들이다. 이들은 농림수산식품부 장관이 지정한 병해충관리를 위하여 사용이 가능한 자재'를 사용하여 '친환경유기농자재 공시 및 품질인증'을 거쳐 등록되어야 한다.

친환경농자재 만들기

'친환경농업육성법시행규칙'의 '병해충관리를 위하여 사용이 가능한 자재' 목록 중에 '난황'이 있다. 난황은 달걀노른자를 말한다. 난황과 식용유를 재료로 하여 만든 것이 병해충 방제로 쓰이고 있는 '난황유'라는 자재이다. 난황유는 식용유를 달걀노른자로 유화시킨 현탁액이다. 농촌진흥청 농업과학기술원의 자료에 따르면 오이, 상추 등 작물에 흰가루병, 노균병, 점박이응애에 90% 내외의 방제효과가 있다고 밝히고 있다. 비용이 적게 들고 제조방법도 간단하여 농가에서 자주 사용하고 있는 대표적 친환경 자재이며 도시민 농사교육에서도 농사교육의 단골로 등장하는 자재이다.

1) 난황유

재료 : 달걀노른자 1개 + 식용유 60㎖ + 물 20ℓ

만드는 법

- 달걀의 흰자를 제거한 노른자 1개에 물(종이컵 1컵 정도)을 소량 섞어 4~5분 믹서기로 갈아 섞어준다.

- 식용유 60㎖를 첨가하고 믹서기로 다시 4~5분 간다. 식용유 양은 달걀노른자 1개 당 60㎖를 기준으로 한다.

- 물 한 말(20ℓ)에 섞어 살포한다.

사용법과 효과 :

예방 목적의 살포는 10~14일 간격, 치료는 5~7일 간격으로 잎 앞뒷면에 2~3회 살포한다. 해지기전 오후, 해뜨기 전, 흐린 날 살포가 좋다. 고온, 저온 시에는 뿌리지 않는다. 30℃ 이상, 5℃ 이하에서 사용하지 않는다. 남은 액은 냉장 보관하면 보름 정도 효력 유지하지만 사용할 양을 한 번에 만들어 쓴다. 흰가루병, 노균병, 점박이응애 등에 방제 효과가 좋다

병해충명	시험작물	방제효과(%)
흰가루병	오이, 상추, 장미	89~98
노균병	오이	88~96
점박이응애	장미	83~94

자료 : 〈도시농업〉, 63쪽, 농촌진흥청, 2010

2) 보르도액

보르도액은 '친환경농업육성법시행규칙'의 '병해충관리를 위하여 사용이 가능한 자재' 목록에 들어있는 농자재다. 광범위한 병원균에 작용하여 예방 목적으로도 널리 쓰이고 있다. 보르두액의 재류

는 생석회, 황산동, 물
이다. 보르도액은 앞에
'4-4식', '4-8식'이라는
접두어가 붙는다.

'4-4식'을 예로 들면
, '4-4식'이라는 것은
'물 1ℓ에 황산동 4g과
생석회 4g이 들어간다
는 의미'다. 마찬가지로 '4-8식 보르도액'이라면 물 1ℓ에 황산동
4g과 생석회 8g이 들어가게 된다. 따라서 '4-4식 보르도액'을 물
500ℓ를 기준으로 하면 각각 2kg의 황산동과 생석회가 준비되어
야 한다.

	4-4식	4-8식	6-6식	8-8식
황산동	2kg	2kg	3kg	4kg
생석회	2kg	4kg	3kg	4kg

식물은 동에 강한 식물과 약한 식물, 석회에 강한 식물과 양한
식물로 다양한 특성을 갖는다. 그로 인해 다양한 보르도액이 제조
되어왔다. 보로도액은 곰팡이병, 사과 흑점병, 갈반병, 포도 만부
병, 감귤 더뎅이병, 궤양병 등 광범위한 병원균에 유효하다고 알
려져 있다. 만들 때 석회와 황산구리는 순도 높은 것을 사용하며
조제 즉시 살포한다. 희석은 하지 않고 사용하며 비오기 전이나
후에는 사용하지 않는다.

3) 목초액
아궁이에 나무 태우면 연기가 나오는 굴뚝이나 배관을 타고 흘러

나오는 끈적끈적한 액체를 볼 수 있다. 목초액은 나무를 태워 나오는 액체를 모은 것이다. 참나무를 재료로 만든 목초액이 대표적이다. 씨앗, 토양소독, 친환경약제 첨가제 등으로 사용한다.

토양소독의 방법으로 목초액을 200배 물에 희석하여 뿌려주거나, 목초액에 담가 볍씨나 마늘 씨앗을 소독한다.

4) 황토유황합제

친환경농자재로, 약해가 없고 내성이 생기지 않으며 살균·살충효과가 뛰어나 채소, 과수 등에 많이 사용한다. 응애, 진딧물, 흰가루병, 노균병, 탄저병 등에 효과가 있다. 밀봉하여 2주 정도 숙성시킨다. 황토유황제와 유화제를 만들어 혼합하여 사용한다.

1) 황토유황제(1L)를 만든다.

〈물 200ml + 유황 250g + 황토5g + 천매암 15g + 천일염 15g + 가성소다(NaOH)200g〉를 섞어 유황을 녹여준 다음 나머지 물 800ml와 혼합한다

2) 유화제(1L)를 만든다.

〈가성가리(KOH) 32g + 카놀라유 180ml + 물 54ml〉를 녹인 다음 나머지 물 750ml 혼합한다. 사용할 때는 황토유황①과 유화제②를 1:1로 혼합하여 사용한다. 300~500배 희석하여 사용하며 보관 시 용기를 막아 공기접촉을 막는다.

- 자닭유황 : 유황 25㎏ 황토 500g 가성소다 20㎏ 물 50ℓ(천매암 500g 천일염 500g)
- 자닭오일 : 물 2.5ℓ 가성가리 3.2㎏ 카놀라샐러드유 18ℓ.

5) 석회유황제

20리터 물을 40도로 데우고 유황 2.5㎏를 저으면서 첨가한다.

혼합액을 데우면서 70도에서 생석회 5kg을 서서히 첨가한다. 양액이 끓기 시작하여 30~40분 경과하면 거품이 없어지면서 자주색이 된다. 약 2시간 약한 불로 끓인다.

상온에서 식힌 후 상층액을 500배로 희석하여 살포한다. 응애, 진딧물 등에 방제효과가 있다. 주의할 점은 약제 혼합 시 스텐레스 용기를 사용하고 분무기 사용 후 암모니아수나 초산액으로 씻고 저장 시 용기를 막아서 공기 접촉을 막아준다.

6) 균강
재료 : 쌀겨 20kg, 부숙제 500g, 본답용 쌀겨 2톤을 준비한다.
만드는 방법 - 쌀겨에 물을 넣어 수분함량 60~70% 조정
  - 부숙제와 잘 혼합한다
  - 햇빛을 차광하고 25~30℃에서 12~24시간 발효시킨다
  - 발효된 균강을 쌀겨 2톤과 혼합하여 발효숙성 후 살포
효과 - 유용 미생물의 왕성한 번식으로 토양유기물 분해 촉진
  - 미생물의 점액물질로 토양입단화로 토양 물리성 향상
  - 유용미생물의 유해미생물과의 길항작용으로 병원체 생육억제

(11) 퇴비(堆肥, compost) 만들기

유기농업은 화학비료를 사용하지 못한다. 친환경농업에서는 무농약 재배인 경우는 화학비료를 사용할 수 있는데 기준시비량의 ⅓ 이내로 제한하고 있다. 화학비료 대신 작물이 필요로 하는 양분을 퇴비로, 유기물과 미생물로 공급하라는 의미이다. 그동안 농업은 화학비료에 오랫동안 의존해 왔다. 한때 OECD국가 중 화학비료

사용량이 5위(422.6kg/ha)로 적은 양이 아니다. 그 결과 토양은 땅이 떨어지고 피폐해지고 말았다. 토양을 회생시키는 법은 토양 내에 퇴비를 공급해 부식 함량을 증가시켜 주는 것이다.

퇴비를 만드는 재료는 무엇인가. 사용가능한 원료는 짚, 왕겨, 톱밥 ,낙엽, 한약재찌꺼기, 버섯폐배지, 어분, 계껍질 등의 농림수산부산물과 가축, 동물, 사람의 분뇨, 음식물류 찌꺼기, 미생물, 그리고 석회석, 석회고토, 패화석, 제오라이트 같은 광물질 등이다. 퇴비는 자연 상태에 존재하는 재료로 제조해야 한다.

퇴비는 화학비료가 널리 확산되기 사용하기 전에는 농촌에서 인분, 축분과 볏짚, 작물 짓고 남은 부산물을 재료로 하여 오랫동안 만들어 써 왔으며 그 가치도 인식하고 있었다. '양식 떨어져 곡식 달라면 주더라도 거름 한 주먹은 안 준다'는 말이 있다. 그만큼 퇴비를 소중히 생각한 것이다.

퇴비 만들기를 알아보기 위해서는 먼저 '탄질비(Carbon-Nitrogen ratio, C/N Ratio)'라는 용어의 개념을 이해해야 한다. 탄질비란 유기물 중의 탄소(C)와 질소(N)의 비율을 말한다. 예를 들어 탄소가 50%, 질소가 5%라면 C/N = 50/5 = 10 이므로 탄질비는 10이 된다. 탄소 성분이 많은 것은 쌀겨, 재, 풀, 톱밥, 부엽토 등이며, 질소 성분이 많은 것은 깻묵, 혈분, 생선, 오줌, 축분 등이다. 곧 탄소성분이 많거나 질소성분이 적으면 탄질비가 커진다.

탄소와 질소가 적정하게 비율을 이루어야 분해가 촉진되어 퇴비화가 잘 진행된다. 탄질비가 너무 높으면 미생물 분해가 어려워 잘 썩지 않아 퇴비화가 느리고, 너무 낮으면 유기물은 빨리 썩어 버리게 된다. 탄질비가 적은 것은 큰 것에 비하여 빨리 부식된다. 인산을 공급하고자 할 때는 뼛가루와 쌀겨를 이봉한다.

- **탄질비조절**

질소함량(%) :톱밥 0.06, 왕겨 0.63, 볏짚 0.68, 쌀겨 2.0, 우분 0.41, 돈분 0.9, 계분 1.73, 깻묵 4~5, 혈분 10~12

탄질율 : 우.계.돈분 15, 6~8, 10~12 / 깻묵 8 / 인분 5~10 / 생초 30 / 왕겨(볏짚) 70 / 톱밥 225

탄질율교정 계산식 : M = C / R - N

(M = 첨가할 질소의 양, C = 재료의 탄소함량, R = 교정탄질율, N = 재료의 질소함량)

산식 (예1) 나왕톱밥 C=46%, N=0.05%, R=30 이라면 1.48% =〉 톱밥 1톤에 14.8kg 질소 첨가 의미

산식 (예2) 왕겨로 탄질비 20퇴비 제조 시 필요한 깻묵의 양 (왕겨탄소함량 42.20%, 왕겨질소함량 0.63%, 깻묵탄소함량 40%, 깻묵질소함량 5%)

첨가할 질소비율 = 42.20/20 - 0.63 = 1.48% (왕겨 1톤에 질소 14.8kg)

필요한 깻묵양 = 14.80/0.05=286kg

자가퇴비 만드는 과정

1) 재료

탄소질 재료 1톤 : 볏짚, 잡초, 왕겨, 톱밥, 기타 부산물

질소질 재료 1톤 : 계분, 돈분, 우분, 인분

균배양체 : 20kg

2) 탄소질과 질소질 재료를 교대로 깔면서 균배양체를 뿌리고 높이1~1.5m, 폭 3m 정도로 쌓는다. 수분함량은 60~70% 되도록 한다. 미생물의 증식과 활동을 촉진하기 위한 환경을 만들어 주는

단계이다. 분해성 유기물이 감소하고 에너지가 발생하여 고온이 되므로 유해 동식물이 불활성화한다.

3) 공기 공급을 위해 2주 단위로 약 5회 정도 자주 뒤집어 준다. 물질들이 서서히 분해되며 부식물질들이 만들어진다.

4) 퇴비 생산 시 부숙기간 중 적어도 15일 이상 55~60℃ 정도의 온도를 유지해야 한다. 발생 열이 60℃ 되어야 유해병원균과 잡초 씨앗을 근절시킬 수 있다.

5) 퇴비가 완숙되면 흑갈색을 띤다. 악취나 자극성 냄새가 없으며 흙내음과 부식물 냄새가 난다. 촉감이 부드럽고 잘 부서진다. 탄질율에 의한 방법으로 퇴비의 부숙은 탄질율이 20 이하일 때 완숙되었다고 한다.

토양병 방제 위한 미생물 친환경퇴비 만들기[40]

상추 등에 잘 걸리는 토양병인 균핵병, 대부분의 작물이 육묘 기간동안 생기기 쉬운 모잘록병, 봄과 가을에 토마토와 오이에 생기기 쉬운 잿빛곰팡이 등을 일으키는 병원성 곰팡이를 잡아먹는 것은 천적 곰팡이 '트리코데마균'이다. 농약을 치지 않고도 토양전염병을 일으키는 병원균을 억제하는 효과가 뛰어난데 직접 만들어 사용할 수 있다.

1) 재료 : 버섯 폐톱밥 800kg, 쌀겨 200kg, 당밀 1kg, 물 200L
2) 배양법
- 물 200L에 당밀을 녹인다.
- 톱밥과 쌀겨를 혼합하여 당밀을 녹인 물 200L를 뿌려 섞는다

---

40) 한살림 옥천생산자모임 생산자 주영직의 자료 인용

- 30~40cm 높일 쌓는다
- 2~3일 간격으로 뒤집어 녹색의 균이 잘 퍼지도록 혼합한다.
3) 사용법 : 균핵병, 모잘록병, 잿빛곰팡이가 발생한 토양에 평당 1~2kg을 사용한다.

■ 퇴비 부숙도 검사 방법 : 색. 퇴적기간. 형상 악취. 수분. 퇴적 층 최고온도. 재적 회수. 강제통기 등
■ 고온 발효퇴비의 장점 : 악취발생 감소, 유해균 및 잡초 씨앗의 사멸, 고온호기성 유효 미생물의 다량번식, 유효양분의 증가, 약알칼리성으로 토양의 중성화.
■ 미숙퇴비 문제점 : 유해가스 발생으로 작물생육 지연, 질소기아현상 발생으로 토양 내 양분 불균형 초래.
■ 퇴비 수분 검사
  손가락 사이에 물기가 스민다　65~70%
  손가락에 물기가 스민다　　　　60%
  물기를 거의 못 느낀다　　　　40~50%

퇴비 균배양체 만들기

1) 쌀겨 균배양체
- 배합비율 : 쌀겨(또는 밀기울) 1,000kg + 발효제 1kg + 당밀 1kg + 물 200ℓ
- 2~3일 안에 50℃ 이상 올라가면 뒤집기를 하고 1~2주일 간격으로 뒤집어준다. 1개월 이상 발열 발효되면 넓게 펴서 말린 뒤 포대 등에 담아 보관한다. 밑거름으로 이용할 때는 잎채소류는 평당 2~3kg까지 과채류는 3~5kg 사용한다.
2) 쌀겨깻묵 균배양체

- 배합비율

깻묵 500kg + 쌀겨 500kg + 발효제 1kg + 당밀 또는 설탕 1
~10Kg + 물 200ℓ

- 발효열이 축적되면 1주일 이상 발효시킨다. 뒤집기는 1주일에
2회 정도 한다. 추비 시에는 가급적 식물에 직접 닿지 않게 하고
가급적 액비로 만들어 사용한다.

3) 부숙왕겨 만들기(석종욱 박사)

생왕겨 500kg, 건계분 100kg(생계분 250kg), 요소 5kg(유안
10kg),

쌀겨 20~30kg, 퇴비발효제 1봉

수분 함량 55~60%

10일 후 1차 뒤집기 1.2.3.4차 뒤집어준다. 최소한 100일 이상
발효시킨다

4) 부숙톱밥

생톱밥 1톤, 요소 12kg, 쌀겨 10kg, 계분 50kg, 패화석 10kg,
발효제 약간, 물 60% / 5톤 이상, 1.5~2M 쌓고 비가림, 뒤집
기, 3개월 / 3백 평 이상 매년 3톤 / 65℃에서 4주간 이상 고온
발열.

(12) 액비(液肥) 만들기

작물에 영양을 공급하고자 할 때 토양에 퇴비를 뿌리는 것이 좋
지만 작물이 퇴비의 영양을 흡수하기까지 시간이 걸린다. 이러한
때 물에 적절한 영양분을 첨가하여 뿌려주게 되면 빠르게 영양분
을 흡수할 수 있어 작물의 상태를 개선하는 것이 가능해진다.

액비는 퇴비와 마찬가지로 농림부산물, 동물부산물 등을 식물 영양 공급원으로 활용하기 위해 일정기간 부숙시켜 작물에 쓸 수 있도록 안정화한 액상을 말한다. 액비는 질소, 인, 칼리를 포함하여 다양한 미량원소를 포함하게 제조할 수 있고 살포 효과가 빠르며 처리비용 측면에서도 퇴비보다 유리하기 때문에 비료로서의 가치가 높은 농자재라고 할 수 있다.

액비를 직접 만들어 사용할 때는 특정 성분만 지나치게 많지 않도록 탄질비와 액비재료의 성분을 파악해 선택하며 토양검정·액비 효능시험 등을 거친 후 쓰는 것이 바람직하다. 작물에 부족한 성분을 공급하고 쓰이는 용도에 따라 사용하는 액비는 다양하다.

질소 성분을 공급하려면 깻묵·혈분·생선 등 단백질 함량이 높은 재료를 포함한 재료를 사용한 액비를 만들고, 인산 성분을 공급하려면 뼛가루·쌀겨 등이 포함된 재료를 사용한 액비를 만들어 사용한다. 대표적인 질소 공급용 액비로는 생선아미노산 액비가 있다. 질소와 미생물·효소 함유량이 높아 작물 생장과 과실 당도 증진, 이어짓기 피해경감 등에 효과가 있다. 인산 공급을 위해 대표적으로 사용되는 것은 뼛가루 액비이다. 뼛가루는 인산을 함유해 농작물 당도를 높이고 색깔이 선명하게 나오는 데 도움을 준다. 사과·배 등 주로 과수 농가에서 많이 사용한다.

■ 액비의 효과

천연액비는 작물에 양분을 공급하고 토양 내 유익한 미생물이 활성화되어 뿌리내림이 촉진되고 작물이 튼튼하게 자라도록 해준다.

영양원소 및 핵산공급 - 생리기능의 활성화

주기적 관수 시 곰팡이, 세균 감소

토양의 염류장해, 가스장해, 산성화 억제

비리한 냄새 - 해충이 기피한다

토양소독 - 알 낳을 때 기피

토착 미생물과 유효균 활성화, 유기물 증가, 잔뿌리 번식

액비의 종류

1) 칼슘 액비

- 계란 껍질을 이용한다.
- 계란 껍질(50g) + 식초(1리터). 7일 보관 후 걸러 사용.
  500배 희석하여 사용. 10~14일 간격 월 2회 살포
- 가지과 작물(토마토,고추)재배에 좋으며, 계란 껍질은 토지개량
자재로도 사용.
- 목초액 또는 현미식초 20ℓ에 조개껍질 또는 계란 껍질 1~
2kg을 넣어 만든다. 기포 발생이 멈추면 윗물을 떠서 잎면에 뿌
려준다. 자가 제조한 액비의 칼슘함량은 0.9~1% 정도로 시중의
액상 칼슘제의 약 17%의 칼슘함량에 비하여 함량이 낮다. 희석비
를 맞추어 쓰면 같은 효과를 볼 수 있다.

2) 쌀겨 액비

- 쌀겨, 발효효소, 설탕 또는 당밀, 쌀뜨물이나 물 10~20 : 1
- 쌀겨 3ℓ + 쌀뜨물이나 물 20ℓ
- 쌀뜨물 1ℓ +설탕 2큰술 + 천일염 1ts. 보름정도
- 쌀뜨물 1ℓ + EM 1큰술 + 설탕 + 천일염 1/2ts. 4~5일

3) 깻묵 액비

- 깻묵 20kg, 부숙제 100~200g, 물 100ℓ, (당밀 1~2kg, 천일염 200g, 천매암 200g). 50~100배 희석하여 사용
- 깻묵액비는 질소, 인산, 칼륨을 함유[41]
- 깻묵과 쌀겨를 알맞은 비율로 섞어 면으로 된 자루에 넣어 위를 묶어 통에 집어넣어 뚜껑 덮고 놓아둔다. 더울 때는 10일, 추울 때는 2~3개월 지나면 완전히 썩는다. 희석하여 사용한다.

4) 생선아미노산 액비

- 생선 50kg + 당밀 5kg + 부숙제(300g) + 물 50ℓ
  천일염 200g, 천매암 200g
  100일 이상 발효 / 50~500배 희석하여 사용
- 용기에 준비한 재료를 모두 넣고 물을 채운다. 3~6개월 발효한다. 젓갈 냄새가 나면 사용 가능. 희석해 토양에 관주하거나 엽면 살포한다. 비린내가 강하므로 수확기에는 잎에 뿌리지 않는다.
- 생선 400kg, 당밀 100kg, 유산균10ℓ, 광합성세균 1ℓ를 준비한 다음 25말 통에 생선을 차곡차곡 쌓고 당밀과 유산균, 광합성세균을 넣고 6개월 이상 발효시켜 사용한다. 냄새가 안 좋으면 당밀과 미생물을 더 첨가하여 제조한다. 질소질이 풍부한 생선액비는 생육촉진과 품질향상에 도움을 준다. 토양관주 시 300평당 3~5ℓ를 5~7일 간격으로 사용하며, 엽면살포는 500배 이상 희석하여 사용한다.[42]
* 흙살림 아미노산 액비: 물 50ℓ, 아미노산 2ℓ, 당밀 1ℓ, 파워활인산 1ℓ, 빛모음 종균 등

---

41) 깻묵 20kg 질소함유량 : 20kg×45%×0.18 = 1.6kg
42) 생선부산물 50kg 질소함유량 : 50kg×22%×0.18 = 2kg

5) 인산 액비

인산은 흡수속도가 느리고 흡수율도 낮아서 미생물로 발효하여 약 5일~7일 간격으로 주기적인 관주를 하면 좋으며 특히 화아분화와 개화기, 당도, 착색기에는 꼭 필요한 액비라 할 수 있다. 특히 뼛가루 액비는 불용성으로 토양에 누적되어 염류장해를 일으키는 화성 인산비료와는 달리, 인산 수준을 올려 신진대사가 활발하게 되고 아미노산이나 단백질의 혼합이 높아지며 꽃눈의 분화 또는 꽃받침의 충실 등 열매의 품질향상에 효과가 있으며 병의 저항력이 증대되고 당도가 향상된다.

제조법(예)

- 재료 : 25말통(500ℓ), 뼛가루 2포(40kg), 쌀겨 2포(40kg), 황산가리 10kg, 당밀 20kg, 맥반석 10kg, 생균이스트 5kg,

. 발효통에 물을 60% 채우고 뼛가루와 쌀겨를 각각 10kg 거름망에 넣고 통 위 걸침대에 매단다. 뼛가루와 쌀겨 전체, 그리고 황산가리 10kg도 동일하게 매단다.

. 맥반석 10kg을 물에 풀어서 넣는다. 당밀 20kg, 생균 5kg도 물에 풀어서 넣는다.

. 기포기를 설치하여 낮에는 작동시킨다.

. 발효기간은 하절기에는 약 3~5일, 동절기에는 5~7일 발효한다. 발효되면 향긋하고 구리한 냄새가 나며 색상은 황갈색을 띤다. 동절기에는 보온해준다. 발효 후 찌꺼기는 꺼내고 발효액만 그늘지고 서늘한 곳에 보관하여 사용한다.

6) 기타

· 뼛가루액비

- 뼛가루 10kg, 당밀 5kg, 미생물.

18ℓ(1말) 용기에 준비한 재료를 넣고 나머지는 물로 채운다.

밀봉해 15~30일 발효시킨다. 500~1,000배로 희석해 사용한다.

- 사골뼈, 생선뼈는 인거름으로 갈아서 사용한다.

· 동물성액비: 생선혈분, 뼛가루, 육류, 우유+물 또는 설탕, 당밀. 밀봉. 1년 후 액체상태. 100~1,000배 희석하여 사용한다.

· 잔재물액비: 식물 과일 산야초

 - 사용방법

가) 토양관주: 물 25말 + 인산액비 1되를 7~10일 간격으로 관수

나) 엽면살포: 물 25말 + 1.5ℓ를 살포한다

■ 엽면시비의 효과와 실용성

　작물에 미량요소 결핍증이 나타났을 경우, 작물의 영양 상태를 급속히 회복시켜야 할 경우, 토양에 거름주기로는 뿌리흡수가 곤란한 경우, 바닥덮기 등으로 작업상 토양에 거름주기가 곤란한 경우, 비료분 유실방지, 노력절감, 특수한 목적이 있을 경우 등에 사용한다. 엽면 흡수 효과는 잎의 표면보다 뒷면이 더 좋다.

3장

인공 환경에서의 영농

1. 옥상텃밭

　　　　　　고층건물, 상가, 사무실, 주택 등 건물과 도로, 시설물이 늘어나면서 도시는 급속히 풀과 나무가 자랄 지표면이 축소되어왔다. 막상 도시농사를 짓고 싶어도 땅을 찾기가 쉽지 않은 현실이다. 땅을 찾는 사람들에게 방치되거나 마땅히 이용가치를 찾지 못한 건물 옥상은 아주 좋은 도시농업의 공간이 될 수 있다. 번듯한 옥상뿐만 아니라 발코니, 차고 지붕 및 기타 건축물 지붕들도 같은 범주에 들 것이다.

　또한 이러한 옥상 공간은 최근 건물의 옥상에 식재를 하여 수목에 의한 단열성능 확보와 도시 내 열섬현상 완화를 통해 건물 내부의 열 부하를 감소시키고 이를 옥상정원으로 활용하여 거주자의 쾌적성 확보를 목표로 하여 녹화를 지원하고 있기도 하다. 건축물 녹화효과로 온도저감, 홍수예방, 탄소저감, 생물 다양성

증진, 녹지 증진, 경관 향상 등이 제시되고 있다.

그렇지만 옥상의 재배환경은 식물이 자라기에 적당한 장소가 아니다. 식물이 자라기 위해서는 토양, 수분, 빛, 온도, 공기 등 환경이 조성되어야 한다. 여름철에 옥상 콘크리트 바닥은 50℃ 이상으로 올라가고, 작물성장에 절대적으로 필요한 물 공급도 간단한 문제가 아니다. 따라서 이러한 문제들을 종합적으로 분석하여 해결해주어야 하고 그렇게 되면 옥상이라는 공간은 좋은 텃밭으로 탄생된다.

식물식재 공간으로서의 옥상은 그동안 녹화와 정원으로 이용이라는 관점에서 접근해왔다. 도시 열섬화 방지, 건물의 단열효과 등 여러 가지 효과를 목적으로 옥상녹화, 옥상정원 등 인공지반 녹화가 도시 정책의 주요한 과제였다. 옥상텃밭은 이러한 옥상정원, 옥상녹화가 지닌 조경과 기능적인 효과에 새롭게 옥상을 유용 식물 재배공간으로 이용을 목적으로 한다. 텃밭으로 만들고자 하는 옥상 시스템의 기본적인 구성요소와 구조, 설계는 기존 옥상 조경설계와 큰 차이가 나는 것은 아니다. 그러나 옥상 텃밭은 녹화 조성과 다른 구성요소가 있기 때문에 이에 대한 표준적이고 기본적인 최소한의 기준이 필요하다. 그럼으로써 설계의 일관성을 유지하고 합리성 및 효율성을 도모함과 동시에 시공 및 유지관리를 해갈 수 있다. 먼저 옥상녹화에 대하여 알아보고 옥상텃밭의 설계와 시공을 살펴보기로 한다.

(1) 옥상녹화의 효과

1) 경제적 효과 : 쾌적한 환경 조성으로 건물의 가치 증대, 지상 의무조경 면적 대체(건축물 건설 시 반영하여야 하는 법상 조경

면적의 일부로 인정받을 수 있다.)

　건축물 보호 효과, 에너지절감, 도시열섬현상 완화, 빗물의 일시적 저장으로 도시홍수 예방

　2) 사회적 효과 : 도시경관의 향상, 도시민의 휴식 공간 제공, 시민 환경 교육

　3) 환경적 효과 : 환경오염방지, 도시 생태계 복원, 기후 조절, 에너지 절약, 소음감소

(2) 옥상녹화 유형구분

이용목적, 건축공학적 조건과 조성방식에 따라 몇가지 유형으로 구분되며, 이에 따라 식물선정 및 식생형태가 결정된다. 설계와 시공에 따라 다음과 같은 유형구분이 가능하다. 시스템 관리빈도에 따라서는 유형을 저관리시스템과 관리시스템으로 구분하며, 시스템 하중에 따라서는 경량형, 혼합형, 중량형으로 구분하며 이외에도 각 녹화유형은 전이면적에 혹은 입지조건 차이로 형성되는 다양한 조성형태를 포함한다.

경량형 녹화	자연상태와 유사하게 관리·조성되는 식생형태로써 대부분 자생적으로 유지되면서 생육한다. 극한적 입지조건에 잘 적응하고 높은 자생력을 갖춘 식물이 적용된다. 토양을 바닥덮기하는 지피형 식생은 이끼류, 다육식물, 초본류 및 화본류로 구성된다. 식생은 식생구성에 따라 자연적인 천이를 거치며, 이로 인해 다른 식물 종류들도 정착할 수 있다. 경량형 녹화는 일반적으로 최소의 노력으로 조성되고 유지된다. 녹화의 목표, 지역기후조건 및 조성방식에 따라 영양공급

	과 같은 유지관리의 방안이 요구될 수도 있다.
혼합형 녹화	일반적으로 초본류 및 관목류를 이용한 녹화유형이다. 이용 및 조성다양성은 중량형 녹화와 비교할 때 제한적이다. 사용되는 식물은 토양조성 분만 아니라 관수 및 영양공급 면에서 요구조건이 비교적 낮은 편이다. 조성을 위해 투입되는 노력은 중량형 녹화보다 더 낮고 유지관리는 축소된 범위 내에서 진행된다.
중량형 녹화	관목류를 비롯한 초본류를 중심으로 조성된 식재면적과 일부 교목류의 식재를 포함한다. 이 녹화유형은 식생의 높이나 종류를 다양하게 조성할 수 있으며, 이용 및 공간적 다양성을 고려하여 적합한 시설을 갖출 경우 일반 녹지와 유사하게 조성될 수 있다. 토양조성은 사용된 식물에 있어 매우 중요한 요구조건에 해당된다. 이 녹화유형은 특히 정기적 관수나 영양공급과 같은 집중적 관리를 통해서만 지속적으로 유지된다.

옥상텃밭은 영농행위가 이루어지는 공간으로써 채소류와 키 작은 식물을 주로 재배하고, 1년생 식물을 위주로 재배하며, 키 크고 뿌리가 깊은 식물류 보다는 상대적으로 얕은 토심을 필요로 할 것이기 때문에 위의 유형 중 '저관리 경량형'이나 '혼합형'에 속한다고 할 수 있다. 재배환경과 목적에 맞는 설계와 시공이 요구된다.

(3) 설계 및 시공 상의 유의사항
1) 시공시 방수·방근층 손상 주의 : 옥상녹화에서는 방수·방근층이 손상 받으면 방근층을 관통한 뿌리가 방수층에 도달하여 방

수층을 손상시킬 위험성이 있으므로 설계단계에서 이에 대한 세심한 검토가 필요하다.

2) 토양의 비산 : 옥상이나 벽면은 바람이 많아 건조하기 쉬운 환경이기 때문에 토양이 비산하기 쉽다. 특히 인공경량토양은 가벼워 비산이 쉽게 발생하기 때문에 주의를 요한다.

3) 풍압에 대한 대비 : 옥상이나 벽면은 일반적으로 풍압이 강하게 발생하기 때문에 바람에 의한 수목의 전도방지 및 그늘막 또는 트렐리스 등 시설물 피해방지를 위한 고정방안을 마련할 필요가 있다.

4) 추락방지 안전장치 : 옥상녹화 시공 시 추락위험이 예상되는 부분의 통행차단, 추락방지장치의 착용 등을 통해 안전사고를 미연에 방지하여야 하며, 특히 경사지붕의 경우 별도의 안전장치 확보 디테일을 마련하여야 한다.

5) 구조물에 미치는 하중 영향 고려 : 설계 시(신축 및 기존 건축물)에는 옥상의 미치는 하중의 영향을 사전에 분석하여, 그에 적합한 유형의 설계를 하여야 한다.

6) 식재플랜유형 및 토양, 토심 결정
- 결정된 녹화시스템 유형에 적합한 식생유형 결정
- 식재플랜 유형에 적합한 토양 소재 결정
- 토양의 함습비중 확인 및 적용가능 토심 산정

7) 식물의 선정
- 가능한 한 키가 작을 것
- 조밀한 바닥덮기
- 천근성 뿌리
- 지상부 및 지하부 생육이 너무 왕성하지 않은 식물
- 전지, 전정이 필요 없고 관리가 용이한 식물

- 기타 내건성 및 내광성, 내습성, 내한성, 내서성이 고루 강한 식물
- 옥상녹화식물 : 기린초 애기기린초 섬기린초 바위채송화 바위연꽃 돌나물 바위솔 좀비비추 애기원추리 두메부추 미역취 한라구절초 민들레 벌개미취 돌마타리 제주양지꽃 종지나물 층꽃나무 가는잎할미꽃

(4) 옥상텃밭 구성요소

옥상텃밭 구성요소는 크게 구조부, 식재기반층, 식생층이며, '구조체, 단열층, 무근콘크리트, 방수층, 방근층, 토양여과층, 육성토양층'으로 세분된다.

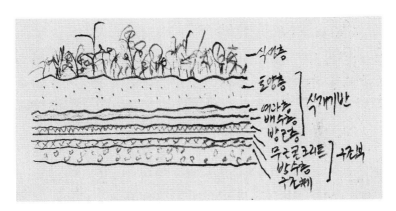

1) 옥상하중

구조적 전제조건으로서 적용하중은 가능한 녹화의 유형과 조성을 결정하는 중요한 선택기준이다. 건축구조역학상 옥상녹화와 연관되는 주요하중은 고정하중(Dead Load)과 동하중(Live Load)으로 구분된다. 식생하중을 포함한 최대 함수상태에서 진

체층의 하중은 고정하중의 주요 구성요소이다. 저수층이 포함된 녹화시스템은 저장된 물의 하중을 추가적으로 계산에 포함시킨다. 대형 관목, 교목을 비롯하여 그늘막, 저수조, 경계부 등의 구조적 건축요소들로 인해 발생하는 점적하중은 별도로 조사하여 적합하게 고려해야 한다.

2) 방수처리와 배수 : 옥상녹화는 시공 이전단계에서 건축물 자체에서의 배수가 원활하게 이루어지는지 미리 확인하여야 한다. 녹화시스템에서 배수층을 충분히 조성하여도 건축물 자체의 구배 및 배수구 위치선정의 오류 등으로 발생되는 배수불량은 집중강우에 의한 토양의 콜로이드화로 토양구조를 파괴함과 동시에 수목이 전도되는 피해를 초래 장기적인 관점에서 건축물의 내구성을 저하시키기 때문에 토양의 투수/보수성 및 배수층의 성능 등을 녹화시공 전에 충분히 검토한 후 녹화시공을 한다. 그리고 신설 방수층 또는 기존 방수층의 종류 및 성능(누수 유무)을 확인하고, 방수층 보호를 위한 방근 조치의 필요성 등을 파악하여 이에 적합한 방수·방근 대책을 수립한다.

3) 방근 : 식물뿌리가 방수층을 뚫고 들어가서 방수기능을 장기적으로 손상시키지 않도록 중량형 및 경량형 옥상녹화에 적합한 방근 대책이 필요하다. 뿌리생육이 강한 화본류를 사용할 경우 설계 시 특별한 검토가 요구된다. 예를 들어 대나무와 억새를 적용할 경우 방근 차원을 넘어 건축적 안전조치를 강구하고 특별한 유지관리의 방법을 제시하여야 한다.

4) 보호층 : 보호층은 정역학적, 동역학적 및 열역학적 유해영향

으로부터 방수·방근층을 지속적으로 보호하는 소재이어야 하며, 기계적 손상을 야기하는 이물질 등으로 인해 기능이 약화되지 않아야 한다.

5) 여과층 : 부직포나 직조형태의 토목섬유들이 여과층으로 사용된다. 여과층은 별도의 작업을 통해 배수층의 상부에 깔거나 공장에 서 배수판의 부품으로 완성 제작되기도 한다. 부직포는 일정방향으로 직조되거나 부정형으로 직조되는 섬유이다. 섬유간 접합은 물리적, 화학적 또는 열역학적 과정을 거치거나 이들이 복합적으로 적용되어 완성된다.

6) 식재기반층 : 식재기반층의 토양 및 토양골재는 토양이 습윤한 상태에서 조성돼야 하며, 재료의 특수 조성밀도는 압착하여 만든다. 가능한 초기침하는 조성높이를 계산할 때 고려한다. 특히 펄라이트 등을 사용시 충분히 습윤상태를 유지하여 충분히 침하된 상태의 식재기반층 수치가 준공도서와 일치하여야 한다. 필요한 경우, 식재기반층을 표면 건조와 바람에 의한 비산을 방

지하기 위해 지속적으로 물을 공급하여 습윤한 상태를 유지한다.

7) 식생층 : 식재층을 구성할 때는 생태적 영속성, 종다양성, 계절감, 경관가치, 성상구성 등을 고려하여 적합한 식물소재를 선택하고, 식물소재 특성에 맞는 식재공법을 선정한다. 식재층에 대한 유지관리는 다음의 항목에 유의하여 진행한다.

구분	내용
수분관리	식재과정의 관리 중요 / 완전활착 및 활착 후의 수분관리 / 관수관리 외에 배수관리도 중요
제초관리	뿌리 활착 시까지 제초관리 중요 / 활착 후에도 잡초가 무성한 경우 제초작업
거름주어 가꾸기 및 병충해방제	식물에 따른 적정 영양분 공급 / 약물방제보다는 자연적인 방제방법 우선 선택
목본류관리	관목의 경우 군식에 의한 과번무 방지 / 교목의 경우 과번무지, 고사지 등의 전지 전정
초본류관리	겨울철 지상부 고사에 따른 나대지 바닥덮기 / 퇴화된 식재대상지에 원연의 식물종 식재 퇴화우려식물의 원연종 식물과 식재지 교체

2. 베란다(veranda) · 발코니(balcony)

　　　　　　대부분의 영농행위가 흙을 기반으로 한 환경 위에서 전개되지만 도시에서는 옥상이나 베란다 같은 인공지반 위에서도 영농이 활발히 펼쳐지고 있다. 주말농장, 시민농원 등 익숙하게 들어온 형태만이 아니라 하천부지, 골목길이나 도로변, 미경작 농지, 미사용 공유지, 무단 점유지, 좁은 면적의 자투리땅 등 다양한 경작지에서도 전개된다. 도시농업의 진면목을 엿볼 수 있는 공간들이다. 실외가 아닌 실내에서 이루어지는 도시농업의 대표적인 공간이 바로 베란다다.

(1) 베란다의 재배환경

베란다와 발코니의 위치나 방향, 높이, 그리고 형태에 따라 일조량, 일조시간, 기온, 강우량, 풍향, 풍속 등이 달라지며, 고층 건물일수록 바람이 심하게 분다. 또한 바닥의 재질이 콘크리트이기 때문에 밤과 낮의 온도차가 크고, 특히 겨울철에 기온이 영하로 떨어지게 되면 뿌리부근의 온도가 낮아져서 기온과 비슷해진다.

식물을 잘 재배하기 위해서는 식물을 둘러싼 재배환경을 먼저 이해해야 한다. 인공 실내공간인 베란다는 작물이 자라기 적절한 공간이 아니다. 베란다의 환경조건에서 가장 문제가 되는 것은 흙과 빛이다. 그렇다고 수분, 공기, 온도, 병충해 등이 덜 중요하거나 문제가 되지 않는 것은 아니다. 수분, 즉 물 공급 역시 문제가 된다. 아파트는 하천수가 강우가 없기 때문에 일반적으로 건조한 환경이기 때문에 물을 인위적으로 공급해 줄 수 있어야 하고, 또한 여름과 겨울의 고온이나 저온에 의한 피해도 발생한다. 그렇지만 베란다는 무엇보다 아침, 저녁으로 살필 수 있는 생활영역이어서 물주기, 일교차 같은 온도문제, 환기 등은 문제를 알면 바로 대처할 수 있다.

이에 반해 토양은 적합한 흙을 외부에서 가져와서 재배용기와 상자텃밭에 작물 종류와 재배 목적에 맞게 조성해야만 한다. 아울러 작물 성장을 위한 토양 양분 관리가 지속적으로 이루어져야 한다. 많은 경우 베란다 농사가 실패하는 것은 이러한 흙에 대한 관리가 이루어지지 않기 때문이다. 빗물과 자연하천수가 들어오지 않고 낙엽 같은 부산물도 쌓이지 않은 베란다나 실내에서 수년에 걸쳐 사용한 흙으로 농사지으면서 작물이 잘 커주기를 기대하는 것은 망상이다. 그러한 흙은 생물이 살 수 있는 건강한 흙이 아니라 '죽은 흙'이기 때문이다.

다음으로 식물이 광합성을 하는 데에 필요한 빛, 광량이 문제가 된다. 많은 사람들이 베란다가 햇볕이 잘 드는 공간으로 이해하고 있지만 그렇지 않다. 볕이 잘 드는 남향인 베란다도 노지의 50%정도에 불과하고 동, 서향인 경우는 더 떨어진다. 예전의 아파트처럼 밖으로 돌출되어 있는 베란다는 조금 나은 편이지만 수직벽으로 된 아파트는 여름 한 낮에도 베란다 끝부분까지 밖에 직사광선이 내리쬐지 않는다. 따라서 광을 많이 필요로 하는 작물 재배는 어려울 수밖에 없다. 광이 부족하면 충분한 광합성을 할 수 없어 식물은 성장과 결실에 장애가 발생한다. 경우에 따라 허약해져서 시들거나 병들거나 죽기도 한다.

(2) 베란다에서 재배하기 쉬운 작물

식물은 초본성 식물이나 관목류(작은키나무)를 비롯하여 뿌리가 깊게 뻗지 않는 천근성 식물이 알맞으며, 반그늘에 잘 적응하는 관엽식물을 선택한다. 식물을 놓을 장소의 빛, 온도, 공중 습도에 알맞은 식물을 선택하여야 한다.

베란다의 재배환경에서 가장 문제가 되는 것은 식물이 햇빛을 얼마만큼 받을 수 있는 지를 나타내는 수광량이다. 따라서 베란다에서는 햇볕이 조금 부족해도 잘 자랄 수 있는 작물이 재배하기가 좋다. 여기에 속하는 대표적인 채소는 잎채소류이다.

식물 부위에서 열매, 뿌리 부위가 아닌 잎을 수확하는 상추 같은 잎채소류는 햇빛을 많이 필요로 하는 작물이라도 재배가 가능하다. 특히 꽃이 피고 열매를 따먹는 과채류는 토양, 수분, 빛 등 환경이 충족되지 않으면 결실을 보기 어렵다. 세심한 보살핌과 관리가 필요하다. 고추나 토마토, 가지가 여기에 속하는 대표적인 작물이 될 것이다. 또한 뿌리가 땅속 깊이 내리거나 줄기를 길게 뻗어나가는 작물, 너무 키가 큰 작물노 재배가 곤란할 것은 말할 필요가 없겠다. 상추, 쑥갓, 치커리, 부추, 미나리, 쪽파, 생강 등이 베란다에서 재배가 용이한 품목들에 속한다.

■ 베란다 햇빛 양에 따른 재배가능 작물43)

햇빛 환경	재배 가능 작물
매우 좋음	로메인상추, 생채, 적근대, 겨자채, 잎브로콜리, 경수채, 방울토마토, 축면상추
좋음	청치마상추, 오크상추, 치커리, 쑥갓, 청경채, 미나리
부족	부추, 엔다이브, 적치커리, 치커리, 쪽파, 아욱, 생강, 곰취, 신선초

베란다는 토양, 광, 수분 등 재배에 필요한 환경을 이해하고 식물이 필요로 하는 환경을 조절해주어야 하는 공간이다. 그렇게 하면 아주 재미있고 알찬 재배공간이 된다. 특히 베란다는 일일 생활공간이기 때문에 일부러 이동하거나 시간이 소요되지 않으면서 도시농사 짓는 재미와 맛을 흠뻑 맛볼 수 있으며, 재배를 통한 시각적·심리적·정서적 만족감, 자연스러운 실내 생활환경의 조절, 자녀교육 효과 등도 동시에 누릴 수 있는 공간이라는 점이 매력적이다.

(3) 다양한 재배용기 및 재배상자(Plant Box, Bed) 제작
옥상이나 베란다, 실내, 도로나 가로 같은 인공지반에서 식물을 재배하려면 재배용기가 필요하다. 식물을 기를 수 있는 용기는

---

43) 『도시농업』,농촌진흥청, 174쪽, 2012

화분형 부터 그로우백, 대소형 재배상자, 그리고 단순한 구조에서 부터 특별한 목적에 맞게 기능성을 지닌 재배상자에 이르기까지 형태와 기능, 모양이 다양하다.

아주 간단한 재배용기는 재활용품을 사용하는 데서부터 시작한다. 페트병, 프라스틱 상자, 스티로폼, 헝겊, 그릇들은 조금만 가공을 하면 인테리어 소품으로도 멋있게 활용할 만큼 재배용기로 재탄생된다. 도시농업박람회장이나 도시농업전시장에 가보면 문짝, 바지, 신발 등 폐품을 활용한 기발한 착상을 만날 수 있다.

1) 심지관수를 이용한 재배상자

실내의 공간에서 재배 상 곤란한 어려움의 하나는 물 공급문제다. 빗물이나 지표로부터 물을 빨아들이지 못하기 때문에 식물이 필요한 때 물을 공급해 주어야 한다. 실내에서 식물을 키우는 많은 사람이 물을 자주 너무 많이 주어 물이 지나쳐 죽이는 경우가 있고 또 사무실 같은 곳에서는 물주는 것을 게을리 해서 시들어 말라 죽는 경우가 많다. 이런 물 관리의 어려움을 해소시켜줄 수 있는 용기가 바로 심지관수를 이용한 재배상자이다.

이 재배기를 만들려면 2개의 용기가 필요하다. 아래 부분의 용기에는 물을 담고 윗부분의 용기의 바닥에는 구멍을 뚫고 헝겊 심지를 박아 아래에서 위로 물이 타고 올라가도록 한 구조이다. 아래통에 물을 담아 놓으면 상당한 기간 동안 물을 주지 않아도 위로 물이 공급되기 때문에 부담을 느끼시 않고 외출이나 여행을 할 수 있다. 구조와 특성을 식물재배에 적용하면 여러 가지로 활용할 수 있다.

2) 재배상자

농사일을 하다보면 여러 가지 기능이 동원된다. 농사일이 단순히 식물을 재배하는 기술로 생각하면 오산이다. 전기, 용접, 토목, 기계 등을 모르면 일이 불편하고 어렵게 진행된다. 농사일을 하는 사람은 가능한 한 타인에게 의존하지 않고 돈 들이지 않고 작업을 진행하도록 노력하고 자립적이고 자주적 생활태도를 가지는 것이 좋다. 그런 점에서 농사에서 쓰는 재배상자는 직접 만들어 쓰는 것이 좋다. 스티로폼 상자는 특히 활용도가 넓다.

　목재를 주재료로 하여 재배상자를 만들어 보자. 최근에는 방부목을 많이 사용하고 있다. 바닥으로 물이 새지 않도록 비닐을 덮고 상자형으로 만들어 바퀴를 달아 이동이 편리하도록 만들기도 하고, 물이 바닥으로 새면 불편이 따르므로 방수처리를 하고 따로 배수구를 만들어 물이 빠지게 만든다. 실내용일 때에는 용도와 기능에 그치지 말고 외관과 모양을 직접 디자인하여 가정 분위기와 어울리게 만든다.

3. 육묘장 만들기 · 모기르기

　　　　　이른 봄부터 늦가을 까지 파종, 이식, 지원, 공급하는 채소, 화초 등의 원예작물 필요 수량이 적지 않다. 품목도 많다. 텃밭, 정원, 조경 등에 소요되는 식물을 주로 시장에서 구입하여 충당한다. 고추, 토마토, 오이, 상추 같은 열매·잎 채소들은 도시영농자들에게 인기가 있고 그만큼 수요가 많다. 다는 못하더라도 필요로 하는 품목부터 씨 뿌려 직접 우리 손으로 모종을 키워내보기 위해서는 육모를 해야 한다. 모를 키우려면 온도, 급수 같은 자연조건과 독립된 작업장, 육묘시설공간이 필요하다.

　비닐하우스를 직접 제작해보자. 2018년 2월 필자가 소속된 향림도시농업체험원에서 30평 규모의 비닐하우스를 작업반장이 되어 네사람의 도시농부가 머리와 손을 맞대 지은 적이 있다.

필자 말고는 모두 처음 경험이었다. 위지는 전망 좋은 언녁 밴

윗자리. 준비모임이 몇 차례 진
행되고 포크레인이 얼음판처럼
꽁꽁 언 하우스 설 바닥자리를
떠내 평탄수평작업을 마쳤다. 파
이프와 조리개로 골격을 세우고
문을 달고, 눈비와 바람으로 며
칠 연기된 끝에 마지막으로 비
닐을 쳐 완성했다.

비닐하우스는 농업용이 아닌
창고 같은 다른 용도로도 쓰인
다. 시골에 살면 필요할 때가 많
다. 몇 사람의 도움이 있으면 세
우는데 크게 어렵지 않으니 시

도해보자. 소요 자재는 프로그램화 되어있다. 하우스 자재 파는
곳에 요청하면 자르고 구부려 실어다 준다.

■ 소요 자재

	품목 / 규격	수량	용도
파이프	32mm*10m	27	서까래
	32mm*1.5m	54	인발대
	25mm*7m	30	가로대
	32mm*8m	8	마구리
조리개	32-25mm	300	파이프결속
	강판	60	파이프결속
연결핀	25mm	15	파이프연결
고정구	대각 32mm	20	
	새들 32mm	32	
	새들 25mm	20	

피스		1봉	
패드		22	비닐고정
로프		15m	
밴드끈		2	
크립	25m	60	
출입문	문틀1.5*2m	2	
	C형강 6m	1	출입문레일
패드필름		1	
말뚝	80cm	30	비닐끈하단결속
비닐	12-25/0.1mm		
치마비닐	15m	1	
개폐기	수동	2	
	자동		

이외에 하우스 용도와 목적에 따라 전기 배선, 물탱크, 스프링쿨러 같은 관수장치, 환풍기, 앵글 등을 구입해 달 수 있고 촉성재배를 할 경우 전열온상을 설치할 수도 있을 것이다. 작업에 필요한 주요 필요장비 및 도구로는 사다리, 전동드릴, (고속)절단기, 그라인더, 햄머, 망치, 전기연장선, 수평호스 등이다. 작업은 다음과 같은 순서에 따라 진행한다.

1.수평기준 설정과 땅 고르기 → 2.인발대 박고 바닥비닐 깔기 → 3.바닥가로대 연결 → 4.서까래 결합 → 5.가로대 순서대로 조리개로 결합 → 6.출입문 마구리 작업 → 7.패드작업 → 8.마구리 비닐, 치마비닐 치기 → 9.지붕비닐 치기 → 10.개폐기 결합 → 11.밴드,줄 결속

육묘 계획을 세우고 모 생산

하우스가 완성되면 필요품목을 조사하고, 환경, 기구자재 등을

준비하고, 식물종에 따라 씨뿌리는 때, 이식에 알맞은 크기까지 자라는 기간들이 다른 것을 고려하여 육묘계획을 세운다. 모종으로 쓰일 육묘는 봄에는 다양한 원예작물이, 가을에는 김장채소의 대표인 배추가 중심이 된다. 모 필요량은 사정에 따라 적게는 수십 포기에서 많게는 수천 포기에 이르기 때문에 육묘 양을 정하고 육묘공간을 배치한다. 텃밭과 정원, 옥상, 베란다 등에서 이용되는 품목 - 상추, 고추, 로즈메리, 오이, 참외, 배추 등 - 을 중심으로 선정하여 튼튼한 모를 만들어 공급한다.

　모기르기란 씨앗을 씨뿌림하여 일정기간 동안 바로심기하기에

가장 적합한 양질의 묘를 키워내는 과정이다. 갈수록 농사가 씨를 바로 심는 직파보다 모기르기하여 옮겨심기하는 육묘 쪽으로 보편화되고 있어서 건강한 모의 생산이 중요하다. "모 기르는 일이 절반 농사"라고 말한다. 모기르기 기간에 모의 발육상태가 이후 생육과 수량에 결정적인 영향을 미치기 때문이다. 따라서 모기르기 일수는 모의 영양생장과 생식생장의 균형이 알맞도록 적당

한 기간 내에 끝내고 바로 바로심기하는 것이 좋다. 모기르기 기간이 길어 모가 노화하면 활착이 나쁘고 짧을 경우에는 열매 달림율이 떨어지고 과실의 숙기가 늦어질 수 있다.

　모기르기를 하는 이유는 모기르기 동안 집약적인 관리에 의한

발아율 향상, 유묘의 초기 생육 촉진, 병해충이나 기상재해 방지, 작기 확대, 조기수확, 관리노력 및 경영비 절감, 씨앗 절약, 토지 이용도 향상 등을 통한 증수를 도모할 수 있기 때문이다. 또한 딸기, 고구마,

과수 같은 직파가 불리한 경우에도 육모를 활용할 수 있다. 현재 육모방법은 하우스육모, 온상육모, 노지육모, 양액육모가 있으며 공장식 육묘시스템을 도입한 공정육모도 있다.

모기르기에 필요한 자재는 원예용 상토와 플러그, 트레이다. 원예용 상토는 보통 한포 50리터 용량으로 부엽토, 펄라이트 등을 섞은 배합 토양이다. 살균, 제초 처리가 되어있어서 병충해와 잡초발생이 방지되어 재배에 유리하다. 트레이는 모양도 여러 가지이고 구멍의 개수로 구별하고 있는데 씨앗별 트레이 구멍 수는 보통 수박, 메론, 호박 32구. 오이, 토마토, 참외 40~50구. 고추, 오이, 가지 72구. 배추, 양배추, 상추는 105구를 이용한다.

모기르기 기간에는 급수, 액비 같은 영양제 살포, 병해충 방지, 온도관리, 채광관리 등을 잘 수행하여 건강한 육모를 키우기 위해 노력한다. 1~4월에 모기르기한 모종은 보통 4~5월에 시장에 나오는데 소선을 삿춘 좋은

모종을 골라 구입하도록 한다.44)

　다 자란 모는 본 밭이나 다른 곳에 옮겨 심게 된다. 일반적으로 옮겨심기는 생육촉진 및 수량증대 효과, 토지 이용 효율 증대, 숙기 단축, 뿌리 활착 증진 등 이로운 점이 있다. 반면 직근성이거나 뿌리 절단이 해로운 작물은 바로 뿌리는 것이 좋다.

　육묘장은 쓰임새가 많고 중요한 기능을 한다. 육묘를 통해 얻는 이점이 많다. 육묘를 하는 이유다. 생육 관리를 통해 좋고 튼튼한 개체를 만들 수 있고 좁은 면적에서 많은 포기를 집중해서 짧은 시간에 만들 수 있고 시험재배도 용이하며 노동도 절감해주는 효과가 있다. 시설 육묘장이 있는 경우에는 철보다 이른 육묘, 늦은 육묘가 가능하여 작물의 생육기간 조절이 가능하고 수확량을 증대시킬 수 있다.45)

44) 좋은 모 : 마디 사이가 짧고 떡잎이 있는 것. 병충해의 피해가 없는 것. 지상부 발육상태가 좋은 것. 상추, 줄기가 곧고 뿌리 발달상태가 좋은 것. 뿌리에 흙이 부서지지 않고 충분히 붙어있는 것. 고추, 토마토, 가지는 첫 꽃이 맺혔거나 개화한 것. 배추는 본잎 4~6장 내외인 것.
45) 촉성재배(철당겨가꾸기) : 수확시기를 앞당겨 재배하는 방법이다. 오이 경우 10월 중하순~12월 중순 파종하여 이듬해 2월~초봄에 수확한다. 반

특히 최근에는 시장 육묘가 확대되는 추세여서 도시농부들도 대개 모를 구입하여 재배하는 추세다. 모를 만드는 것은 어렵지 않다. 직접 씨를 뿌려 모를 만들어 보는 것은 식물의 생애를 이해하는 데에 아주 좋은 경험이 된다. 육묘장은 농사 활동이 알차게 전개되는 데에 활력소가 된다.

촉성재배는 고추를 3월 말 경 접목모를 재배하는 경우에 해당한다. 조숙재배는 온상에서 육모하여 노지에 정식하여 수확을 일찍 하는 경우를 말한다.

4. 꿀벌 기르기

벌이 인류의 생활사에 등장하는 것으로는 1만 년이 넘는 암각화가 있는가 하면 이집트 제18왕조 제2대왕 투탕카멘(Tutankhamun,재위 BC1361~1352)의 무덤에서 꿀 항아리가 발견되기도 했다. 한반도에서는 고구려 시대에 들어온 것으로 추정하고 있다. 벌은 동물계의 곤충으로 분류되고 꿀벌, 작은꿀벌, 서양종꿀벌, 동양종꿀벌 등이 있다. 우리나라는 서양종꿀벌, 동양종꿀벌을 사육한다. 도심양봉이라하여 도시에서도 벌을 기르는 사람이 늘고 있다.

벌은 생태와 습성은 여러모로 관심을 끈다. 군집성, 사회성이 강하고 분업화되어 환경에 적응하는 능력이 진화해 있다. '여왕벌 - 숫벌 - 일벌' 3종류의 벌이 각기 역할을 하며 3만 마리 정도의 집단을 이뤄 봉군을 이뤄 살아간다.

벌이 자연생태계에서 식물의 꽃가루를 매개해준다. 식물의 암수수정은 스스로 혹은 바람과 곤충에 의해 진행되는데 식량작물의 1/3이 곤충의 수분 활동으로 이루어지고 이중 80%를 꿀벌이 한다고 한다. 세계 100대 작물의 71%가 벌의 활동으로 수분이 이루어진다고 한다. 자연과 인간에게 벌이 소중한 이유다.

인간은 벌을 사육하여 벌이 만들어낸 꿀, 화분, 로얄제리, 프로폴리스 등을 이용하고 있다. 벌의 생태와 습성을 이해하게 되면서 양봉은 세계적으로 분포되어 발달해 있다. 우리나라도 예외가 아니다. 벌꿀은 영농농가나 귀농·귀촌의 경우에도 관심 있는 영역이 되어온 지 오래이고 그 가치가 인정되어 있다.

필자의 부친은 1970년대에 이동 양봉을 하셨다. 이른 봄 유채꽃 꿀을 따는 제주도를 시작으로 아카시아꽃 피는 중부지방을 거쳐 이꽃저꽃 이골저골 이산저산 넘어 강원도에 이르렀다. 한창때면 큰 드럼통에 가득 찬 꿀이 집 마당에 들어왔다. 현재 양봉을 하는 한 사람에게 그 얘기를 넌지시 했더니 "그런 분이 계셔서 현재까지 양봉이 이어오고 있어요"라고 싫지 않은 말을 건네준다.

벌을 사육하기 위해서는 벌의 생태와 습성, 생육과정, 질병과 병해충과 대처방법 등 이론을 배워야 하고 기자재사용, 사육기술, 채밀 등 봉산물의 생산, 인공분봉, 봉분관리, 월동관리 등 실전을 익혀야 한다. 특히 꿀벌의 사육관리는 기후와 밀원과 관련되어 있다. 철 따라 벌이 좋아하는 식물과 꽃이 피는 장소와 시기가 있다. 기후에 민감하여 비가 많거나 건조하거나 기온이 높거나 낮거나에 따라 세밀한 관리가 되어야 한다. 요즘에는 지역 농업기술센터나 한국양봉농업협동조합, 양봉 전문가의 교육전수활동도 많아져 찾아 도움을 받으면 좋을 것이다.

4장

도시농업 / 식품안전 / 기후변화 /
가축전염병 / 식량안보 / 발효

1. 도시농업

　　　　　　지구상에서 인류가 채취 수렵이 아닌 식물을 재배하는 농업을 시작한 농경민의 출현은 고고학적으로 신석기시대에 해당하는 1만여 년 전이다. 동물 사육도 시작되었다. 이후 수천 년에 걸친 인간에 의한 농경의 확대와 불의 이용은 자연 그대로의 식물계라고 하는 것은 지구상에 없다고 할 정도로 세계를 변형시켰다.

　농업은 땅을 기반으로 자연환경과 기술을 이용하여 인간에게 유용한 식물·동물을 재배·사육하고, 이를 가공하고 판매, 유통하는 유기적 산업이다. 즉, 농업은 식물을 재배하는 데에 국한되지 않고 동물을 포함하며, 원료나 약품 등에 쓰이는 유용작물 등도 포함하며, 나아가서 이를 가공하고 수집하여 판매하는 일을 포함하는 매우 넓고 포괄적인 영역을 아우르고 있다.46) 오늘날의 농업은 농축산물의 생산, 가공, 판매뿐만 아니라 농토의 정비, 비료 및 농약, 종묘, 농기구 등의 관련 산업 분야에까지 확대되기도 한다.

---

46) 농업(農業,agriculture,farming)이란 "토지를 이용하여 유용한 식물을 기르거나 또는 유용한 동물을 사육하는 산업이다. 식물을 생산하는 분야를 재배 또는 경종이라 하고 동물을 생산하는 분야를 축산 또는 양축이라 한다." (『재배원론』, 향문사, 18쪽)

농업은 '다원적 기능'을 지니고 있다. 유엔식량농업기구(FAO)에서는 농업의 다원적 기능을 크게 '식량안보, 환경보전, 사회문화, 식품안전성, 경제' 등 5가지로 제시했다. 경제협력개발기구(OECD)도 농업의 다원적 기능과 중요성을 인정하고 이를 회원국들이 확보해야 할 공동목표로 채택했다. 세계무역기구(WTO)의 농업협정 서문 및 제20조에서도 농산물 무역자유화 협상 과정에서 식량안보·환경보전 등 농업의 비교역적 기능(NTC)을 고려해야 한다고 명시하고 있다.

농업의 가장 본질적인 기능은 '식량의 안정적인 생산과 공급', 즉 식량안보다. 한국인의 주식인 쌀의 세계농산물 시장과 무역형태는 특징이 있다. 세계의 쌀 시장은 엷은 시장(thin market)이며, 쌀의 교역량은 총생산량의 일부에 불과하다. 그중에서도 한국인이 소비하는 계통은 전체 쌀생산량의 극히 일부에 불과하여 조금만 부족하여도 가격은 폭등하게 되어있다. 식량부족 문제는 기근·기아 같은 직접적인 문제뿐 아니라 경제위기, 폭동, 농산물수출 중단, 식량과 사료가격 급등, 식량쓰나미, 식량무기화를 야기한다. 그래서 주요국가들은 식량자급도를 높이는 정책을 추진하고 식량을 안보의 차원으로 접근하고 있다. 더구나 최근에는 곡물의 많은 양이 식용이 아닌 동물 사료, 에탄올과 바이오 연료에 소비되어 식용은 절반 정도에 불과하여 식량부족 위험을 증가시키고 있고 기후변화는 미래 식량사정을 더욱 불안하고 불안정하게 하고 있다.

농업의 환경적 기능으로는 환경보전, 대기정화, 수자원함양,

홍수조절 방지, 토양유실 경감, 그린벨트 등이 있으며 생물 서
식지를 제공하여 생태계를 유지 시켜주는 중요한 기능을 한다.
농업의 사회·문화 기능도 크다. 농업 활동으로 인한 정서함양과
전통문화 보전, 지역사회 유지 등 사회문화적 공익기능이 그것
이다. 농업·농촌의 전체적인 공익적 가치는 연간 농산물 생산액
보다 크다는 연구결과도 있다.

도시농업의 기능과 효과

도시농업은 유럽, 미국, 캐나다, 일본 등 나라에서는 일찍이 시
작되었다. 영국의 얼로트먼트(allotment garden), 독일의 클라
인가르텐(Kleingarten), 일본의 시민농원 등이 사례다. 우리나라
는 2011년 11월 '도시농업육성및지원에관한법률'이 제정되고
다음해 5월 시행되면서 시민, 시민단체, 지자체가 상호 협력하
면서 교육, 인력양성, 개발과 지원, 박람회 등 행사 등이 열리고
텃밭, 시민농원, 도시공원, 학교, 주말농장, 옥상, 노인회, 유치
원, 기업체 등으로 빠르게 확대되어왔다.

　도시농업을 어떻게 바라보고 정의할 것인가의 문제는 나라마
다 다르다. 일반 농업에서는 영농 목적에 따른 경영이 주목적이
라면 도시농업은 사회문화적 측면이 강조된다. 유엔개발계획
(UNDP,1996)는 도시농업을 다음과 같이 정의하고 있다.

　도시농업은 "도시 또는 도시 인근에서 다양한 작물이나 가축
을 생산하기 위해 자연자원이나 도심의 폐자원을 (재)활용하여
집약적인 생산, 가공, 유통을 하는 행위와 더불어 도시의 공동
체 회복을 위해 이루어지는 일련의 농업적 활동을 의미한다".

자원의 활용과 공동체 회복이 강조되고 있다.

도시농업 활동은 다양하게 펼쳐진다. 시민모임과 지역주민들이 자발적으로 혹은 상호협력하며 건강한 먹을거리를 재배하며 나눔, 노동, 사회문화 활동을 펼치고 농부시장, 로컬푸드 같은 사회경제적인 흐름도 만들어가고 있다. 지역의 활동이 활발해져서 주민, 어린이, 청소년, 노인 등 대상에 따라 맞춤 프로그램이 운영되고 봄 여름 가을 겨울 계절을 따라 밭을 만들고 씨뿌리고 수확하며 병충해를 공동으로 방제한다. 텃밭 참여자들은 마을별로 조직되어 이장, 부녀회장을 선출하여 함께 돕고 나누고 모이고 즐긴다.

역사적으로 보면 본래 도시는 농업·농촌과 함께 해왔다. 그러나 산업사회의 확장과 도시화로 농업, 농촌, 농지는 도시로부터 밀려나고 추방됐다. 도시로 수용돼 택지, 공장부지, 도로, 편의시설용지 등 다른 용도로 바뀌어 개발되어온 과정이었다. 그러나 현대사회에 이르러 도시는 해결하기 어려운 환경파괴, 물과 공기 오염, 소외와 단절, 과다한 쓰레기, 자족기능 상실 등 많은 문제에 부딪쳤다. 도시가 농업을 다시 불러들이는 시대가 된 이유다. 도시와 두시인의 문제를 경감하고자 농업이 가진 다양한 기능을 도시에 접목하기 시작한 것이다.

　도시농업은 기본적으로 농업이 갖는 사회적 공익기능의 효과와 도시공간에서의 농사 활동을 통한 부가적 효과를 얻을 수 있다. 도시에서의 농업은 대기정화, CO_2 절감과 O_2 공급, 열섬화 완화, 옥상녹화, 경관 조성과 녹지 제공, 생물 서식지 복원 같은 기능을 통해 도시의 자연생태계를 개선해주고, 물 순환과 토양 유기물 순환, 빗물과 하수 재활용, 음식쓰레기 활용 등 자원활용을 매개해준다. 아울러서 도시농업은 생산적인 여가활동과 휴식, 일자리를 제공하고 지역사회의 활성화와 공동체 형성에 아주 적합한 활동이다. 스쿨팜, 체험 학습장 같은 프로그램은 성장기 어린이·청소년에게 자연과 교감하는 정서를 길러주고 창의력과 감수성을 발달시켜준다.

　그러나 도시는 여전히 커지고 넓어지고 집중되어가고 있다. 그에 따라 낮은 언덕, 들, 경작지가 도시에 잡아먹힌다. 개발의 여파로 땅값이 오르고 자연환경이 오염되고 황폐해지고 파괴된다. 길이 길을 막아 살아오던 동물과 식물이 터전을 잃고 멸종되는 식물과 동물이 많아져 생물종의 다양성이 악화되어간다. 국제자연보호연합 자료에 따르면 하루에 수십~수백 생물종이 사라진다. 인간의 도시집중이 빚어내는 단면이다. 도시에서 이루어지는 농업 활동의 역할이 기대된다.

2. 식품안전을 둘러싼 몇 가지 주요한 문제들

친환경농산물 / 환경호르몬 / 다이옥신 / GMO

'친환경농업법'에 따르면 친환경농업은 "합성농약, 화학비료 및 항생·항균제 등 화학자재를 사용하지 아니하거나 사용을 최소화하고 농업·수산업·축산업·임업 부산물의 재활용 등을 통하여 농업생태계와 환경을 유지·보전하면서 안전한 농·축·임산물을 생산하는 농업"을 말한다. 친환경농업으로 생산된 산물은 전문인증기관이 정해진 기준으로 선별·검사하여 안전성을 인증하고 있다. 이것은 비단 생산물에 대해서만이 아니라 토양과 물은 물론 생육과 수확 등 생산 및 출하단계에서 인증기준을 준수했는지의 엄격한 품질검사와 시중 유통품에 대해서도 허위표시를 하거나 규정을 지키지 않는 인증품이 없도록 철저한 사후 관리가 따른다.

(1) 친환경 재배 농산물의 종류 및 기준

· 유기 농산물

유기재배농산물은 유기합성농약과 화학비료를 일체 쓰지않고 재배해야 하며 토양에 투입하는 유기물은 유기농산물의 인증기준에 맞게 생산된 것이어야 한다. 잔류농약이 검출되지 않은 등 조선을 충속알 수 있는 농산불이나.

· 무농약 농산물

무농약 농산물은 화학비료는 권장 비료주기 양의 1/3 이하 사용하여야 하고 유기합성농약은 사용하지 않아야 한다.

· 무항생제 축산물

무항생제 축산물은 항생제 및 합성항균제, 성장촉진제, 구충제, 항콕시듐제 및 호르몬제, 반추가축에게 포유동물에서 유래한 사료 등을 제외하며 일반사료는 가능하다.

· 유기 축산물

무항생제 축산물에서 사용하는 일반사료를 사용할 수 없다. 유기사료를 사용해야 한다.

· 표시 : 도형, 표시문자

(2) 환경호르몬(EDCs) · 다이옥신 · 유전자조작식품

산업사회의 발달과 함께 석유와 광물 등 대량의 자원이용, 원격지 교역, 동물성 식품의 대량소비 등이 확대 전개되면서 난제에 봉착했다. 그것은 바로 불량식품 문제로 식품의 안전을 위협하는 대표적인 환경호르몬과 다이옥신, 유전자조작식품이 있다.

1) 환경호르몬(EDCs)

환경호르몬의 정확한 표현은 '내분비계 교란화학물질(endocrine disrupting chemicals)'이다. 플라스틱, 비닐, 합성세제 같은 석유 부산물에서 만들어진 물질이나 농약, 다이옥신, PCB, PAH, 푸란, 페놀, DDT 같은 산업 활동으로 생성된 화학물질을 가리킨다. 이들이 우리 몸에 들어와 내분비계를 교란시켜 정상적인 대사활동을 방해하고 혼란을 유발하여 질병을 발생시켜 현대의학의 무능을 드러내게 한 장본인이다. 쉽게 말하면 호르몬을 닮아 몸에 들어와 가짜 호르몬 행세를 하는 이물질이다.

그중 유명한 물질로 비스페놀A(bisphenol-A)가 있다(BPA라고도 한다). BPA는 1891년 러시아 화학자 디아닌(A. P. Dianin)에 의해 합성된 이후 현재에는 폴리카보네이트나 에폭시수지 같은 플라스틱 제조의 원료와 합성수지 원료·콤팩트디스크(CD)·식품저장용 캔 내부코팅 재료, 영수증 등으로 폭넓게 사용된다.

BPA가 일으키는 증상은 여러 곳에서 보고되어왔다. 한편에서는 과학적 증거가 없거나 유해성에 대한 근거를 찾을 수 없다는 주장을 이용해 인정하지 않기도 했다. 2014년 FDA는 식품 캔과 음료수 캔에 존재하는 비스페놀A가 건강에 유해한 영향을 미치지 않는다고 발표하고 식품업체들과 관련 기관, 단체들이 FDA 결정을 환영하고 이를 알리는 언론 캠페인을 전개하기도 했다.

BPA가 내분비, 대사장애, 불임, 당뇨, 암같은 중요한 몸의 기능과 질병, 발생, 성장, 생식 등에 영향을 미치고 있다고 국제학계와 연구기관 등에서 내놓은 결과와 사례는 많다. 예를 들면 성장기 어린이의 학습능력과 정서에 부정적인 영향을 미치는 것으로 학계에 보고돼 BPA가 포함된 프라스틱 유아용 젖병의 사용이 금지된 사례가 대표적이다. BPA가 암·불임·당뇨 등 심각한 건강질환과 관계되고, 인체의 내분비시스템을 교란시킬 수 있는 화학물질로 의심하는 소비자들이 증가하고 있는 추세인 것 같다.

2) 다이옥신(Dioxin)

다이옥신은 제초제와 살균제 또는 다른 시료를 생산할 때 불필요한 부산물로 생기는 일련의 화합물이다. 환경호르몬 중에서 가장 대표되는 강한 독성물질로 세계보건기구(WHO)에서 발암물질로 분류하고 있다.

다이옥신은 제초제 원료로도 쓰이는데 그 독성이 강할 뿐만 아니라 유독성분이 오랫동안 잔류하게 된다. 베트남 전쟁에서 미군이 사용하여 기형아 출생의 원인이 된 고엽제로 알려져 있으며 주로 쓰레기, 폐기물과 염소(Cl)를 함유한 물질의 소각, 석탄, 석유, 담배 등을 태우거나 농약 등 화학물질을 만드는 공장에서 발생하는 지방 친화적인 유기화합물이다.[47] 청산가리보다

---

47) 고엽제는 제초제(herbicide)로 쓰이던 2.4-D(2,4-dichlorophenoxyacetic acid, $C_8H_6Cl_2O_3$)와 2,4,5-T(2,4,5-trichlorophenoxyacetic acid (2,4,5-T), $C_8H_5Cl_3O_3$)를 혼합해서 사용했다. 그런데, 2,4,5-T를 만들 때 부수적으로 다이옥신이 소량의 불순물로 생성된다. IWD의 모회사인 미국의 다국적기업 다우 케미컬은 월남전 참전 군인들이 제기한 고엽제 피해보상소송에서 다이옥신의 위험성이 널리 알려지면서 1983년에 미국 내에서 2,4,5-T의 생산을 중단했다.

1만 배나 강한 독성을 가지고 있다고 알려져 있다[48]. 토양과 하천을 오염시키기 때문에 주로 소고기, 낙농 유제품, 우유, 닭고기, 돼지고기 같은 식품을 통해 주로 흡수되며 체지방과 간 등에 축적된다. 인체 면역계에 치명적 손상과 발육저하, 생식, 질병 등에 악영향을 미치고 기형아 출산과 암발생의 원인이 되는 것으로 알려져 있다.

3) 유전자조작식품(genetic modified organism, GMO)

GMO는 특정한 목적을 위해서 '유전공학기술을 이용해 유전자를 조작한 생물체'를 말한다. 이러한 GMO는 생명공학이라는 새로운 기대를 받고 1996년 처음 등장했다. 미국의 몬산토, 듀퐁, 다우 애그로케미칼즈를 비롯한 다국적기업과 그들과 한 부

류로 동맹하고 있는 이익집단들은 GMO가 고수확 품종 등의 개발을 통해 수급불균형과 인구 증가에 따른 식량위기와 부족을 해결하고, 제초제 내성, 병해충 내성 유전자조작 품종 등을 통해 제초제, 살충제 같은 농약사용량과 살포횟수를 줄여주어 수확 감소, 노동력, 비용을 절감시키고, 아울러 영양성분을 조절해 식생활을 개선시키며, 환경보전에도 기여한다고 주장한다.

---

48) 광우병이 원인물질인 프리온 단백질 0.001g도 생사를 갈라놓을 수 있는 충분한 양이라고 한다.

그러나 시대의 대안이라며 GMO개발에 열을 올리는 것과 대조적으로 이에 대한 국제적 충돌과 갈등, 시민사회와 지역사회의 저항과 대안운동도 만만치 않다. GMO가 안전하지 않기 때문이다. 최대의 곡물 수출국인 미국과 다국적 기업들은 GMO가 인체에 유해하다는 증거가 없으며 과학적인 안전성 검사를 거쳤기 때문에 기존 작물과 동일한 안전성을 확보했다고 주장하고 있지만 이미 세계 각 지역에서 GMO의 위험과 유해성, 환경교란, 생태파괴 등 미지의 징후들이 출현하고 있기 때문이다.

GMO는 유전자가 변화되었기 때문에 외형이 비슷한 경우에도 기존의 생물체에서 나타나지 않는 다른 형질을 나타낸다. 그러나 'GMO가 무엇이냐'에 대한 이 같은 설명은 종종 환경호르몬이나 광우병에 비해 그 의미가 잘 전달되지 않는다. 현실에서 그 실체를 분간하기 어렵고 공학적 설명이 뒤따르기 때문인 것으로 생각된다. 그래서 GMO에 대해서는 예화를 들어 설명하는 것이 효과적일 수 있다.

GMO가 최초로 상품으로 등장한 것은 '무르지 않는 토마토'다. 1994년 미국 칼진(1997년 몬산토에서 인수)사가 얼지 않는 성질을 가진 넙치라는 '물고기의 유전자'를 토마토 유전자에 삽입하여 개발하였고 미국 식품의약국(FDA)의 승인을 얻어 시판했다. 이 GM토마토는 토마토가 익는데 관여하는 유전자의 작용을 억제해 물렁물렁하지 않고 단단함을 유지시켜준다. 보관, 유통, 운송에 따르는 기간 동안 물러 터져 고민하는 기업의 골칫거리를 해결해 준 셈이다. 그러나 상업적으로 성공하지 못했다.

이후 GMO개발은 확대일로를 걷고 있다. 세계적으로 콩·면화·옥수수·카놀라(유채) 등을 비롯해 18개 작물(108개 품목)이 GMO 안전성 승인을 받아 상업적으로 재배되고 있다. 미국을 중심으로 곡물, 야채, 과일, 동식물, 곤충 등을 대상으로 수천 종이 실험대상이 되었고 많은 나라들이 그 뒤를 따르고 있다. 미국에서 시판 중인 품목들은 콩, 옥수수, 감자, 토마토, 치커리, 호박, 사탕무, 카놀라, 면화 등이며 그 외의 품목으로 광범히 확산 중이다. 2015년 미국식품의약국(FDA)은 사과, 감자의 상업재배 혹은 식용시판을 승인했고 유전자변형 연어의 식용시판을 허용함으로써 식물뿐 아니라 동물까지로 확대됐다. 미국의 글로벌 농업 기업인 몬산토(Monsanto)와 듀폰 파이오니어(DuPont Pioneer)는 세계 GMO씨앗 생산의 1, 2위를 차지하는 글로벌 농업 기업이다.

그렇다면 우리는 GMO식품을 얼마나 먹고 있는 셈일까?[49] 우리나라는 현재 GMO재배가 금지돼 있지만 다른 나라에서 재배된 옥수수 콩 면화 카놀라 등에 대해서는 수입을 허가하고 있다. 콩, 옥수수를 비롯한 GMO가 이미 사용 중이며 연구개발도 진행 중이다. 국회 입법조사처가 펴낸 'GMO 수입 현황과 시사점'을 보면 2008년 155만 3천 톤이던 식용 GMO 수입량은 2014년 228만 3천 톤으로 늘었다. 사료에 쓰이는 농업용 GMO 수입량도 2008년 701만 9천 톤에서 2016년 853만8천 톤으로 21.6% 증가했다. 하지만 전문가들은 밀수 등 비공식적인 경로를 통해 들어오는 물량, GMO를 현지에서 가공한 후 수

---

49) 우리나라 식용승인 GMO(2016년 기준)는 콩, 옥수수, 면화, 카놀라, 감자, 알팔파, 사탕무라고 알려져 있다. 2015년 수입량은 214만5천 톤 이었다.

입하는 것까지 볼 때 이보다 훨씬 많을 것으로 예상하고 있다.

'프랑켄슈타인'과 GMO

유럽에서는 GMO식품을 프랑켄푸드(Frankenfood)라고 불렀다. 'Frankenstein'과 'Food'를 절묘하게 합성한 말로 GMO식품을 뜻한다. 프랑켄푸드라는 말은 메리 셸리(Mary Wallstonecraft Shelley, 1797-1851)가 1818년에 쓴 소설 〈프랑켄슈타인(Frankenstein or The Modern Prometheus)〉에 등장하는 주인공 빅터 프랑켄슈타인(Victor Frankenstein)의 이름에서 유래한 말이다.

소설에서 생화학자 빅터프랑켄슈타인은 화학,생식에 대한 연구실험을 통해 키 8피트의 큰 몸집에 흉칙하고 추한 사람 모습을 한 괴물을 만들어낸다. 그러나 생명체로 태어났지만 사람들로부터 미움과 박해를 받으며 살아가야 하는 자신의 얄궂은 운명에 분노하여 연쇄살인을 저지르게 되고, 이를 안 프랑켄슈타인이 자신의 손으로 탄생시킨 괴물을 쫓으며 얽히는 내용이 줄거리를 이루고 있다. 이 소설은 19세기 초에 벌써 인간과 같은 능력을 가진 기괴한 모습의 인조인간을 만들어내, 오늘날의 공상과학소설(SF)의 선구가 되었다고 평가받기도 한다.

GMO를 프랑켄푸드라고 지칭하는 말에는 소설의 줄거리와 말의 조합이 상징하듯, 인간이 기술적으로 조작해 만들어낸 생명체로 인해 어떠한 미지의 위험과 상황이 전개될 것인지에 대한 두렵고 공포스런 불안감이 감춰져 있다. 그리고 이러한 GMO에 대한 불안감은 단지 공상 소설 속에서 일어난 문제가 아니라 생생한 현실이라는 데에 문제의 심각성이 도사리고 있다. 메리 셸리의 소설 〈프랑켄슈타인〉은 19세기에 나온 가상의 소설이지만 프랑켄푸드는 현실이다.

　지금까지 인간은 동종 내에서의 잡종교배를 통해 품종을 육종하거나 개량해 왔다. 그러나 GMO기술은 토마토에 물고기의 유전자를 삽입하는 것처럼 식물체에 동물단백질을 (혹은 그 반대로) 삽입하는 등 인공적으로 생명을 조작함으로써 종(種) 사이의 벽을 허물어버렸다. 그럼으로써 인간은 지구상에 일찍이 존재하지 않았던 전혀 새로운 생명체를 창조하는 것과 같다. 그러나 우리 몸은 미량의 합성물질이나 미확인 단백질에 아주 취약하다. 35억 년에 이르는 생명의 긴 역사를 거쳐 진화해 온 인간의 몸이지만, 낯설고 알려지지 않은 미확인 물질에 취약하기 이를 데 없다. 안전이 확인되지 않은 물질이 몸에 들어가면 어떤 영향이 나타날 지에 대해서 현대의 과학은 표류하고 있다. 각종 환경호르몬, 광우병의 프리온, GMO식품의 미지의 물질 등이 여기에 속함은 두말할 필요가 없다.

3. 기후변화와 석유농업

　　　　　　　지구환경의 위기 징후가 심각하다. 지구 생산·생활 시스템이 배출한 CO_2 등 온실가스로 인해 지구 평균기온이 올라 남북극 빙하와 만년설, 툰드라 지역 같은 동토가 녹아내리고, 해수면이 상승하고, 하천 수량이 줄고, 식물·동물 등 생물상이 변화·멸종되는가 하면, 엘니뇨·쓰나미·가뭄·사막화·해일·홍수·폭설 등 기후변화가 예측 불가능할 정도로 진행되고 있다.

　세계기상기구는 "기온이 이번 세기말까지 추가로 3~4℃ 상승할 것"이라고 경고하기도 했다. 지난 100년간 0.74℃ 상승하여 지구 평균기온이 15℃ 정도로 지금보다 1도 오르면 지구생명체 10%가 멸종하고 2도가 넘으면 지구 곳곳이 더 강력하고 잦은 홍수, 가뭄, 한파, 태풍 등 이상기후에 직면한다고 한다. 이미 지표 고도가 낮은 나라는 불어난 해수에 땅이 잠겨 '국토포기선언'을 하는가 하면, 강우량 감소로 농사를 포기하는 등 미래에 발생할 파국적 불안에 전전긍긍 하고 있기도 하다.[50] 엘고어 전미국부통

---

50) 스웨덴의 글로벌챌린지재단(GCF)은 전지구적 재앙을 부를 수 있는 위험요인을 조사해 매년 보고서를 낸다. 세계 인구의 10% 이상을 죽음에 이르게 할 수 있는지를 따져 선별한다. 세번째 낸 보고서(2018)가 꼽은 종말적 재앙의 후보는 모두 10가지로 기후변화가 포함됐다. 10가지는 '핵전쟁, 생화학전, 기후변화, 생태계붕괴, 전염병, 소행성충돌, 화산대폭발, 태양지구공학, 인공지능, 아직 등장하지 않은 위험'.

령은 "중동과 아프리카, 지중해 난민문제도 기후변화와 연관이 있다"며, "기후변화는 더 이상 우리생활과 멀리 떨어져 있는 문제가 아니다"라고 주장했다. 그는 "중동과 아프리카 지역의 최고온도가 70℃를 넘어설 정도로 높아져 사람이 생존할 수 없는 지경에 놓였다"며 2006~2010년 시리아 농토중 약 60%가 가뭄 때문에 사막으로 변해버렸다"고 "해당 지역에 거주하던 농민들은 생업을 잃고 난민이 돼 떠돌다가 내전에 휩쓸렸다"고 설명했다.

이러한 상황은 한편으로는 화석원료가 더 이상 펑펑 쓸 수 있는 무한한 원료가 아니라 조만간 생산이 감소되는 정점에 도달해 있어서 불가피하게 생산시스템을 변화시키지 않을 수 없고, 다른 한편으로는 이러한 변화가 결국 자본주의 생산시스템을 위태롭게 한다는 위기의식을 공유케 하고 있다. 이렇게 에너지 고갈과 기후변화로 생산과 생활에 압박이 일어나고, 절대적으로 의존하고 있는 석유 생산량이 줄어 국제시장 가격이 고공행진을 계속한다면 미래에는 어떤 변화가 전개될 것인가.

기후변화, 지구온난화와 관련된 국제기구는 1992년 6월 체결된 '기후변화에 관한 유엔 기본협약(UNFCCC, 리우환경협약)'이다. 192개 나라가 가입해 있고 온실가스 감축을 위한 국제적 협약을 논의한다. 1997년에는 '교토기후협약(교토의정서)'가 시작됐다. 그러나 미국은 참여를 거부했다. 이어 코펜하겐 회의(2009년 12월)에서도 중국과 함께 탄소저감 노력에 완강한 반대 국가였으며 2017년 6월 도널드트럼프 미대통령이 취임하자 파리기후변화협약(파리협정· Paris Agreement)51)을 탈퇴했다. 2021년 1월20

---

51) 2020년 만료 예정인 교토의정서를 대체, 2021년 1월부터 적용될 기후변

일 바이든이 취임해 다시 복귀했다. 미국과 중국은 CO_2를 가장 많이 배출하는 국가다. 2021년 11월 영국 글래스고에서 '제26차 유엔기후변화협약 당사국 총회(UNFCCC COP26)'가 예정돼 있다.

미래는 인간이 백수십 년 넘게 유지해 온 '석유문명'에 대한 비판적인 성찰이 중요한 주제가 되지 않을 수 없을 것이다. 소위 '석유문명'은 우리 생활 모든 영역에 걸쳐 있다. 먹고 입고 노는 기본적인 식의주 생활물자를 비롯해 일반 제조업, 전기, 수도, 건설, 의료, 교통 등 물자의 생산·유통은 말할 것도 없으며 정치, 문화, 교육, 서비스 등 사회상부 구조도 석유에 기반하고 있다. 사람들은 이 문명에 오랫동안 익숙해져 왔다. 그로부터 벗어나는 것을 꿈꾸는 것은 어려울 것이다. 그러나 '석유문명'은 변화를 강제 받고 있다. 어쩔 수 없이 변화하지 않을 수 없는 것이다.

우리의 처지로 시선을 돌려보자. 우리나라의 원유소비량은 세계적 수준이다. 영국의 석유회사 BP의 '세계 에너지 통계 보고서(Statistical Review of World Energy)'에 따르면 1인당 석유소비량이 세계 5위(2006,2014년), 원유소비량이 세계 8위(2014,2016,2018년)였으며 2017년 소비량은 1억 2930만 톤이었다.[52] 더구나 원유 생산지로부터 수송거리가 길고 원유시장의 공급구조가 매우 불안정하며 가격변동에 민감한 상황이어서 다른 나라보다 취약한 구조다.

화 대응을 담은 기후변화협약으로 2016년 11월 발효됐다.

52) "미국(2045만6000배럴)과 중국(1352만5000배럴)이 각각 20.5%, 13.5%로 대부분을 차지". "뒤이어 인도(5.2%), 일본(3.9%), 사우디아라비아(3.7%), 러시아(3.2%), 브라질(3.1%), 한국(2.8%), 캐나다(2.5%), 독일(2.3%) 등의 순이었다"(BP, 2019.6.11.)

덜 석유에 의존하려는 노력은 이미 여러 나라에서 시작되었다. 에너지 자급률이 한자리 수에 불과하여 거의 대부분을 수입에 의존하고 있는 우리나라는 아직도 심각성을 느끼지 못하고 있는 것으로 느껴진다. 특히 철강, 석유화학 등 에너지 다소비 산업에게 탄소 감축문제는 발등의 불이 되어 있다. 여기에서 농업도 예외가 아니다. 농업도 비료, 농약이 석유산물임은 말할 것도 없으며 비닐, 농기계, 수입사료 등 농자재도 마찬가지다. 에너지 못지않게 곡물도 외국에 의존하고 있는 셈이다. 농업을 유지하기 위해서는 기후변화와 에너지에 대해 미래를 보며 새롭게 대비해야 한다. 한반도에서 일어나고 있는 기후변화는 농업환경도 바꾸고 있다. 기온이 상승하고 온난화가 진행되며 육지와 바다의 서식 한계선이 자꾸 북상하며 생물 수종이 변화하고 있다. 농부가 느끼는 현실은 오락가락하는 날씨로도 느낀다. 예측하기 힘들어진 것이다. 때인 줄 알고 나온 과수나무 꽃이 추위와 눈보라, 우박에 떨어지고 고온과 저온 피해를 입고, 씨 뿌리는 날짜를 잡기 어렵다. 기후변화는 세계적으로 더 빈번하고 강력한 이상기후를 가져온다. 기후변화가 한반도에 가져올 농업환경을 책임 있는 곳에서 연구하고 대비해서 농민이 대처할 수 있게 해주어야 한다.

1. 가축 전염병

02/11/2011 14:01

　　　　　2010년 충청북도 괴산군에 있는 농장에서
일할 때다. '구제역'이 왔다.[53) 2010년 11월 시작되어 145일

---

53) 구제역(foot-and-mouth disease, 口蹄疫)은 가축의 제1종 바이러스성
　　법정전염병으로 발굽이 2개인 소·돼지·염소·사슴·낙타 등 우제류 동물에
　　발생하고 전염성이 강하며 공기를 통해 호흡기로 감염되기 때문에 무리에
　　서 한 마리가 감염되면 다른 가축에 급속하게 감염된다. 기록상 한국 최
　　초의 구제역은 일제 강점기에 발생했다. 이후 자취를 감췄다가 2000년 3
　　월 24일~4월 15일, 2002년 5월 2일~6월 23일 각각 15건, 16건 발생
　　했다. 추가 확산 방지에 성공한 덕분에 2002년 11월 한국은 구제역 청
　　정국 지위를 회복했다. 국제수역사무국(OIE, Office international des
　　épizooties)과 세계동물보건기구(World Organisation for Animal
　　Health)에서는 가축 전염병 가운데 가장 위험한 A급 바이러스로 지정하
　　였다.

동안 지속된 구제역 파동으로 소, 돼지 등 347만 9962마리가 죽임을 당했다. 축산농가의 황망하고 추스르기 힘든 낙망을 넘어, 식수오염, 전염병 등 매몰 이후 벌어질 만약의 사태로 서울·수도권 사람들에게까지 걱정근심으로 등장했다. 오염이 우려되어 곳에 따라 지역 방문이 금지됐다. 설상가상으로 발생한 조류독감(AI)54)이 잇따라 발생하여 139일간 지속됐다. 오리, 닭 647만3천 마리도 죽임을 당해 땅에 파묻혔다. 겨울 동안 1천여만 마리의 가축이 무참히 '청소' 당했다. 끔찍한 일이었다. 게다가 작업에 동원된 공무원 11명이 과로, 사고, 자살 등으로 숨졌다. 2010년 일이었다. 인간이 지구상 여러 생명과 똑같은 생명의 이력을 지닌 동물이라고 보면, 가축살육은 동물에 대해 가졌던 관념을 이제까지처럼 그냥 흘려보낼 수 없는 우리 자신의 문제, 곧 재앙이라는 사실을 여실히 보여주었다. 사람이 무언지 사는 게 무언지 이렇게 해도 되는 것인지, 시간 지나 잊어버리고 살아도 되는 것인지 묻지 않을 수 없었다. 동물 사육은 농업과 밀접한 관계를 맺고 있는 영역이다. 2000년 첫 구제역 발생 이후 전염병의 발생과 예방, 확산방지를 위해 진행된 살처분 내력이다.

2000년 : 첫 구제역이 경기도 파주에서 발생하여 충청도 지역까지 확산되어 피해를 입었다.

---

54) 조류독감(AI,avian influenza)의 바이러스는 닭, 칠면조, 오리, 야생조류 등을 감염시키며 일반적으로 사람에게 감염되지 않지만, 최근 종간벽 (Interspecies barrier)을 넘어 간헐적으로 인체감염이 발생한다는 보고도 있다.

2002년 : 구제역 53일 파동. 소, 돼지 등 160만 마리 살처분

2003년 말 : 첫 AI 발생 528만 마리 살처분, 874억 원이 소요됐다. 이후 거의 매년 발생하고 있다.

2010년 : 구제역으로 소, 돼지 등 347만 9962 마리 살처분. AI로 오리,닭 647만 3천 마리 살처분

2014년 1월 : AI가 발생하여 이듬해 11월까지 517일 이어져 닭과 오리 2477만 2천 마리 살처분

2016년 3월~2017년 6월19일 : 가장 심각했던 시기로 세 번에 걸쳐 발생했다. 이 시기 전국 62개 시군에서 총 421건의 양성판정이 나왔다. 도살 처분된 닭, 오리 등 가금류도 3807만 6000 마리로 최악이었다. 도살 처분과 생계소득 지원 등에 총 3621억원이 쓰였다. 이 해에 H5형 항원검출 고병원성 AI에 대한 예방적 살처분이 발생농장 반경 500m에서 3km 이내로 확대됐다.

2016년 겨울~봄 사이(2016.11.16.~2017.4.4.) : 전국에서 383건 발생하여 1129농장에서 닭 3179만, 오리 332만, 메추리 301만 마리가 묻혔다. 두 유형(H5N6형, H5N8형)이 '트윈데믹' 형태로 전국을 강타했다. 이때 양계산업이 무너지면서 국외 수입 달걀이 등장하기도 했다.

2017년 11월~2018년 3월 : AI 발생으로 닭, 오리 등 가금류 654만 마리 살처분(발생농장 133만 마리, 예방적 살처분 521만 마리)

2017.11.17.~2018.3.17. : 전남, 경기 등 5개 시도 22개 농가에서 발생하여 방역대 안 농장 140곳의 닭 오리 654만 마리(발생농장 133만 마리, 예방적 살처분 521만 마리)가 매몰 처분되었다. 최근 10년 동안 살처분된 닭.오리수는 7500만 마리, 들어간 예산은 8619억 원이었다고 한다.

2019년 9월 17일 : 경기도 파주 한 농장에서 '아프리카돼지열병

(ASF, africa swine fever)'이 발생, 확진되어 파주, 연천, 김포, 강화 등지로 확산
- 2020년 : 야생멧돼지 포획, 사살
- 2020년 11월 : 11월 26일 전북 정읍 육용오리 농장에서 2년 8개월만에 다시 고병원성 AI가 발생한 이후 국내 닭, 오리, 메추리 가금농장을 중심으로 고병원성 AI 확산
- 2021년 1월26일 : 농장과 민간단체 들에서 살처분 중단 요구 성명 등장. "조류독감이 시작된 11월 26일 이래 이미 2천만 마리 넘은 가금류를 죽였습니다. 감염으로 살처분된 수보다 예방적으로 살처분 된 수가 더 많습니다. 세계 어디에서도 이렇게 많은 수를 예방적 살처분 하고 있지 않으며, 2003년 이래 거의 해마다 발병하고 있는 고병원성 조류독감으로 살처분된 국내 동물의 수만 1억 마리 이상입니다.(출처 ; '[속보] 경기도, 산안마을 예방적 살처분 강제집행 정지 결정 - 살처분 중단!'(작성자 : 동물권행동 카라))"

이러한 동물전염병 사태는 반복적으로 현재 진행형이다. 더구나 전문가와 발표자료에 의하면 조류독감, 구제역, 돼지독감 등 가축전염병이 토착화, 만성화하는 경향을 보이고 있다고 한다. 조류독감 같은 경우 변종이 많아 종류를 특정하기도 어려울 정도라고 하며, 일반적으로 조류독감 바이러스는 고온과 습도에 약해 겨울과 봄에 확산되다 날씨가 더워지면 자연스레 기세가 꺾였지만, 겨울과 봄이 아닌 여름에도 AI가 발병하면서 연중 상시화하는 패턴을 보이고 있다는 것이다.

인간의 육식과 사육

인간이 가장 즐겨 길러 잡아먹는 대표적인 동물은 단연 '소, 돼지, 닭, 오리'다. 인간이 먹는 고기류가 그 말고도 양, 개, 토끼, 말, 사슴, 고래, 곰 등 다양하다. 이들을 사람들이 가장 널리 먹게 된 것은 그만큼 순화되어 사육하기가 쉽고, 이들이 먹는 먹이를 인간이 보다 쉽게 공급할 수 있었기 때문이었을 것이다. 만약 콩, 옥수수 등 곡물로 이들을 사육할 수 없었다면 소, 돼지, 닭을 기르는 기업형 축산은 발전하지 못했을 것이다. 근본적으로는 비용 대비 손익을 맞추기가 가능하기 때문이다. 이들에게 주요 사료로 공급되는 콩, 옥수수는 쌀과 함께 인간의 세계 3대 식량에 속한다. 우리나라는 매년 막대한 양의 콩과 옥수수를 수입한다.55)

이들이 얼마만큼 인간의 육류로 공급되고 있을까. 어림잡아 지구에서 기르는 가축 수가 지구 총인구의 3배에 이른다고 한다. 지구인구를 60억 명으로 치면 적어도 150~200억 마리의 가축이 길러지고 있다는 얘기다. 우리나라의 통계를 살펴보면 보다 실감이 날까? '2009년 2분기 가축동향조사결과'는 2009년 6월 기준으로 이렇게 제시하고 있다.

돼지 사육마리 수 904만4천 마리 / 육계 사육마리 수 9998만3천 마리 / 산란계 사육마리 수 6114만3천 마리 / 한육우 사육마

---

55) 돼지고기 1kg을 생산하기 위해서는 7kg, 쇠고기 1kg은 11kg의 옥수수가 필요하다.

리 수 259만9천 마리 / 젖소 사육마리 수 43만9천 마리.

이들을 모두 합하면 약 1억7천만 마리니 한반도 남한 인구의 약 3배를 넘어선다. 이 숫자는 육류소비 확대로 비약적으로 증가했다. 2017년 자료는 3억 마리가 넘는다고 적고 있다.

■축종별 가축 사육 마리수 (단위 : 천마리, %)

축종	분 기 별					전년동기 대비(B/A)
	2019.3/4(A)	2019.4/4	2020.1/4	2020.2/4	2020.3/4(B)	
돼지	11,713	11,280	11,208	11,088	11,365	△3.0
한육우	3,260	3,237	3,197	3,333	3,396	3.9
젖소	404	408	409	406	408	1.0
닭	170,395	172,920	180,352	197,176	173,312	1.5
오리	9,894	8,637	8,187	9,303	9,286	△4.2

*자료: 통계청. 2020

"농림축산식품부 가축사육현황을 보면 2017년 현재 말과 소, 돼지와 닭, 오리를 키우는 축산농가는 모두 12만153곳이고, 동물수는 3억287만7117마리에 이른다" (한겨레신문, '살처분 트라우마 리포트', 2019.2.23.). 이러한 사실들은 인간이 소, 돼지, 닭의 육류에 절대적으로 의존하고 있다는 사실을 잘 보여준다.

지난 20세기 말~21세기 초에 일어난 아주 특징적인 사건 중의 하나를 들자면 가축 전염병을 빼놓을 수 없다. 그 전염병 목록은 바로 지금 불안감과 우려를 담은 눈으로 확산을 지켜보고 있는 조류독감, 돼지독감(신종 인플루엔자), 광우병, 구제역 등이다. 이 전염병은 소, 돼지, 닭, 오리에서 발병하고 있어서 가장 중요한 가축과 정확히 대응한다.

이러한 상황에 대해 그동안 세계는 광우병, 조류독감, 구제역, 돼지독감 등에 대해 원인균에 대한 파악, 감염경로, 검역, 방역,

치료 등에 허겁지겁 대처해야 했고, 오늘날 현재 진행형으로 전파되고 있는 돼지독감, 구제역에서 보고 있는 것처럼, 예방 노력과 백신 확보에 경쟁적으로 나서고 있고 앞으로의 추이가 어떻게 될 것인지 우려와 불안감이 커지고 있는 현실이다. 인류에게 심각한 위협이 되어버린 가축전염병이 일으킨 문제에 대해서는 근본적인 행동적인 접근과 성찰이 필요할 것이다.

광우병, 조류독감, 돼지독감, 구제역 등을 살펴보면 몇 가지 공통점이 드러난다. 그 공통점의 첫째는, 인류가 기업형·대규모·상업적으로 기르고 있는 식용 가축에서 발생하고 있다는 사실이다. 소·돼지·닭 등 식용 가축은 인류가 오랫동안 에너지와 영양 섭취를 의존해 온 대표적 동물들이다. 이들 동물에서 번갈아가며 반복적으로 위협이 발생하고 있다. 만약 앞으로도 계속 위협적인 병원체를 옮기게 된다면 어떻게 될까. 그동안 인간이 대처해 온 방식은 기껏 이들 수많은 가축들을 이산화탄소로 질식시켜 지하에 대량 매몰하거나 렌더링 기계에 넣어 폐기했다.

공통점의 두번째는 이들을 사육하고 있는 방법과 양상이다. 이미 병을 일으키는 원인의 하나로 '공장식 축산'이 지목되고 있는 대로 수십, 수백만 마리를 공급하고 있는 세계적 기업축산에서 동물은 고기를 만들어내는 기계가 되어온 지 오래다. 예컨대 아파트 2~3층 높이로 여러 단을 쌓아올린 배터리케이지(밀집형 닭장)에 사육되는 닭을 비롯하여 돼지, 소 등 사육되는 동물들의 환경은 처참하다. 소는 이미 말과 단어로서의 소일 뿐, 생물로서의, 자신 고유의 이름을 지닌 '소'가 아니라 고기를 생산하는 축산공장의 '제조설비'가 되어버렸다.

공통점의 세번째는 세균미생물 변이 혹은 특정단백질(프리온) 생성 등 인류가 일찍이 경험하지 못했던 새로운 생명현상의 반복적인 출현이다. 소의 병이었던 광우병이 인간에게 옮겨진 것에 대해 인류는 경악했고 마찬가지로 조류나, 돼지의 병인 독감이 사람에게 옮겨진 것에 대해 또다시 경악했다. 미국은 2009년 멕시코 대형 돼지농장에서 발생한 돼지독감에 불과 2주 만에 공중비상사태를 선포했다. 돼지독감은 '신종플루'라고 해서 세계적으로 1만8500여 명이 희생되고 우리나라에서도 혼란과 희생이 발생했다.

그동안 식육동물들은 고기의 질과 맛, 기업이윤을 극대화하기 위해 동물을 집단적으로 가두어 갖가지 항생제와 성장촉진, 육질 개선을 위한 호르몬제의 피폭 대상이 되어왔다. 이러한 동물들에서 신종 병원균이 자라나 증식하고 마침내 종을 건너뛰어 그를 투여한 인간에게 덮쳐온다는 사실은 두렵고 경악스런 일이 아닐 수 없다. 이렇게 지구에 드리운 암울한 상황이 의미하는 것은 무엇일까. 미생물 균이 인간이 만들어낸 특이한 환경에 적응해 가면서 새롭게 진화해가는, 이 역동적인 상호작용이 의미하는 것은 무엇일까. 이 사람 - 사육가축 - 미생물로 연계된 체인이 인류에게 보내는 메시지는 무엇일까. 그것은 바로 이 불공정한, 지구 생태계의 최상의 먹이사슬 정점을 차지하며 번성하고 있는 사람이 맺고 있는 '사람 - 식육동물 - 균'과의 관계를 최소한의 균형의 관계, 공생관계로 새롭게 정립하고 바꾸어나가야 한다고 보내는 반복적인 경고가 아닐까.

5. 농가인구와 식량안보

　　　　　　　향후 10~20년 후의 농촌 농가인구는 어떻게 될까. 전망치는 분석방법이나 상황설정에 따라 차이가 있지만 어떤 자료도 농가인구가 늘어날 것으로는 예측하지 않는다. 1970년 1,400만 명, 2008년 318만 명인 농가인구는 2011년 296만 명(5.9%)으로 300만 명 이하로 떨어지고 2017년에는 242만 명(4.7%), 2019년에는 224만 명(4.3%)으로 매년 줄어들어 2020년대 중반에 이르면 200만 명 이하로 줄어들고 비율도 4% 이하가 될 것으로 예상된다.

　도시로 사람이 몰리며 농촌은 지속적으로 공동화, 고령화되었다. 고령화 비율은 65세 이상 노인인구 수로 구분하여 7% 이상이면 고령화사회(aging society), 14% 이상이면 고령사회(aged society), 20% 이상이면 초고령사회(post-aged society)라고 부른다. 농촌은 이미 고령화 - 고령 - 초고령 사회를 넘어 '초초고령사회'가 되었다고 말할 수 있다. 반면 40세 미만 젊은 인구는 계속 줄어들었다. 이러한 사회현상은 바로 농촌이 비정상적인 집단으로 변모하고 있다는 것을 보여준다. 신생아 태어나는 소식, 아이들이 시골학교 교문을 재잘거리며 몰려나오는 풍경을 보기 어렵고, 마을 청장년의 결혼소식을 듣기 어려운 농촌은 이미 사람 살만한 곳이 아니다. 일부 지방 자치단체들이 갈수록 줄어가는 지역인구를 어떻게 보충해 보려는 유인정책을 내놓고 애가 태어나기라도 하면 지역 경사가 되는 사정이다.

이렇게 농사를 지을 후계세대가 확보되지 않아서 농사를 계속 지어줄 농부가 없어지는 현실에서 한국 농촌, 농업의 미래 모습이 어떻게 될까. 60~70대 노인세대 농부가 계속 농사를 지어줄 거라고 기대할 수 없다. 농촌에 아직 남아있는 상대적으로 젊은 40~50대가 지난 세대처럼 미래가 보이지 않는 땅에 머물러 있으리라고 생각하는 것도 무리일 것이다. 농업문제가 이제 농사지어줄 '사람 찾는 문제'가 되고 만 것 아니냐는 한 농민의 한숨에 역대 정부의 농정실패로 인해 왜곡된 한국농촌의 현실이 담겨 있다.

식량 안보

세계 식량 사정은 불안하다. 농업생태계 파괴, 세계식량 수급 불안정, 세계 곡물가격 등귀, 다국적 기업의 곡물투기, 가뭄, 냉해, 사막화, 기후변화, 대체 에너지 생산을 위한 광범한 농지의 전용, 육식증가와 식품소비 고급화 등으로 인해 식량수요와 공급량 사이의 불일치는 더욱 커져가는 상황이다. 그러나 식량증산은 쉽지 않을 전망이다. 인류가 화석연료, 즉 땅에 묻힌 죽은 생물자원인 석유, 석탄을 산업적으로 광범위하게 이용함으로써 달성한 이른바 '녹색혁명'이라는 신화는 막다른 골목에 봉착했다.56)

---

56) 쌀생산량(2015~2021년) : 433→ 420→ 397→ 387→ 374→ 351→388 만 톤 / 1인당 쌀소비량(2013~2020년) : 67.2→ 65.1→ 62.9→ 61.9→

세계적으로 식량문제는 민감하고 긴급한 주제다. 식량위기가 회자되고 식량종속, 식량주권이라는 말도 생겨나고 식량을 국가 안보 차원으로 접근하여 식량안보라는 조어도 생겨났다. 식량안보(food security)는 기상, 가뭄 등으로 인한 흉작, 재난, 전쟁 등 상황을 대비하여 일정량의 식량과 생산조건을 확보해 놓는 것을 말한다. 혹자는 "조용한 쓰나미(silent tsunami)"라고 표현했고 "완전한 태풍, 즉 식량폭동"이라고 이름 붙이기도 했다. 식량과 곡물을 외부에 의존하지 않고 국내에서 공급되는 정도를 나타내는 식량자급율과 곡물자급율은 매년 하락하고 있다.57) 우리나라는 2019년 약 1,800만 톤 이상의 곡물을 수입했다. 세계적인 곡물 수입국이다.58) 생각이 있는 나라들은 이를 높이려는 노력을 정책방향으로 채택하여 꾸준히 추진해 나간다. 가까운 중국과 일본도 식량위기 상황을 국가안보 차원으로 접근하고 있다.

"먹을거리의 자급자족은 국가 안보적 관심 사항입니다. 우리가 먹을거리가 보장되는 나라에 살고 있다는 것은 매우 다행한 일입

61.8→ 61.0→ 59.2→ 57.7→56.9kg

57) 식량자급율은 2009년 56.2%에서 50.9%(2017), 46.7%(2018), 45.8%(2020)로 매년 떨어진다. 식량자급율을 이나마라도 유지하는 이유는 쌀 생산 때문이고 쌀을 제외하면 자급율은 20%대로 내려간다. 사료를 포함하는 곡물자급율 역시 23.4%(2017), 21.7%(2018)로 매년 떨어진다.

58) "우리나라 곡물 수급상황은 2019년 기준 국제 곡물 수입량은 식용 600만 톤과 사료용 1200만 톤 등 합계 1800만 톤 이상을 수입했다. 식용 밀과 옥수수의 수입량은 각각 240만5000톤과 237만3000톤으로 나타났으며, 채유용 콩은 98만 톤, 식용 콩은 24만6000톤, 사료용 곡물은 옥수수가 897만4000톤으로 가장 많았으며, 다음으로 대두박과 밀이 각각 187만3천 톤과 119만3천 톤이다. 쌀을 제외한 주요곡물의 해외의존도가 심화되고 있다"(자료 : 농수축산신문, 2020.11.04.)

니다."

"여러분은 국민의 먹을거리를 충분히 조달할 수 없는 나라를 상상할 수 있겠습니까? 그 나라는 국제적 식량 압력에 종속되는 위기에 직면하게 될 것입니다."

"우리가 먹을거리를 자급해야 한다는 것은 국가 안보적 관심사항입니다. 고맙지만, 우리는 다른 어떤 이들에게도 국민 건강과 영양을 담보하는 육류 공급을 내맡길 수 없습니다 (Thanks goodness, we don't have to relay on somebody elses meat to make save our people are healthy and well-fed)."

인용문은 '먹을거리의 자급자족은 국가 안보적 관심사항이며, 국민의 먹을거리를 충분히 조달할 수 없으면 국제적 식량 압력에 종속되는 위기에 직면하게 될 것'이라고 말하고 있다. 전 미국 대통령 부시가 한 말이다. "국민의 먹을거리를 충분히 조달할 수 없는 나라를 상상할 수"없다고 웅변하고 있다. 먹을거리의 자급을 국가의 안보적 관심사항(national security interests)으로 간주하고 있다. 미국의 대통령과 정당, 의회, 관료, 이해집단들이 국민 식량식료 자급에 대해 어떤 이익과 인식에 기반하여 정책을 만들고, 국가간 협상을 하고 있는지 반면교사가 될 수 있을 것이다.59)

미래학자들도 식량이 무기화되는 시대를 예견한다. 식량자급도가 높은 나라는 미국, 프랑스, 영국, 독일 등 대개 선진국이며

---

59) '수입 농산물 가격 급등, GMO-LMO 수입, 바이오 연료의 전면화에 대한 해설', 〈한국 농어촌사회 연구소〉 권영근, 2006.7.15

빈국, 후진국일수록 식량을 의존한다. 식량을 자급자족 해오다가 지금은 식량수입국이 되어 기아가 일반화되고 외국의 식량지원이 없으면 못사는 나라가 되어버린 나라가 지구상에 여럿이다. IMF나 WTO, 미국 등 농산물 수출국의 회유와 압박에 따라 외국농산물 수입을 개방하여 개발을 추구한 결과 값싼 농산물이 밀고 들어와 식량 자급자족 기반이 파괴되어버렸기 때문이다. 못사는 나라들은 대부분 식량 의존국이며 그런 상태로 내몰리거나 변화되고 있는 것이 국제적 현실이다.

지구의 가까운 미래를 예측하는 목소리 속에는 식량문제가 핵문제, 전쟁위기보다 더 심각한 지구문제로 등장했다고 경고한다. 지구인구가 매년 수천만~1억 명이 늘고, 식량생산은 정체되어 있으며, 기아와 영양부족 상태에 놓여있는 인구가 수억 명이며, 곡물생산 지구환경은 기후변화, 사막화, 벌채 등으로 악화되어가고 있다. 개발국가들의 곡량소비량 증대에 따른 곡물량이 늘어 식량 부족국가가 늘고 있으며, 그간 곡물 수출국들이 수출문을 걸거나 단속에 나서고, 식량가격 폭등이 일어나고. 어떤 나라에서는 배급, 폭동이 일어난다. 그런가 하면 식량 재고는 식량메이저들에 장악되어 정작 필요할 때 정상 가격으로 살 수도 없고, 식량 수출국조차도 곡물 수급에 전전긍긍하는 사태가 발생하고 있다. 세계가 식량문제를 안보와 위기관리의 차원에서 접근하는 이유다.

6. 발효

　　　　　　발효(醱酵,fermentation)란 일반적으로 미생물이 유기물을 변화분해시켜 인간에게 유용한 물질을 만들어내는 현상을 말한다. 동일한 현상이지만 인간에게 해로운 현상은 부패라고 부른다. 발효의 종류는 다양하다. 알코올발효, 글리세롤발효, 젖산발효, 초산발효, 아세트산발효, 메탄발효 등이 있다.

　발효가 미생물의 역할을 통한 현상이라는 것을 밝힌 사람은 프랑스의 화학자이며 세균학자인 파스퇴르(Louis Pasteur:1822~1895)였다. 그는 발효가 "미생물의 생활"이라고 간단하면서도 명료하게 말했다. 미생물을 처음 발견한 사람은 네덜란드의 안톤반레벤후크(Antonie van Leeuwenhoek, 1632-1723)이다. 그는 확대경이라고 볼 수 있는 현미경으로 맨눈으로 볼 수 없는 작은 생명체를 최초로 관찰한 것으로 유명하다. 그를 '미생물학의 아버지'라 부른다.

인간은 미생물의 존재를 알기 훨씬 아주 오래전부터 발효를 생활에 이용해 왔다. 그 결과 아주 다양한 발효식품이 만들어졌다. 우리나라를 예로 들면 막걸리, 소주, 포도주, 맥주, 된장, 김치, 청국장, 발효빵 같이 식물재료를 사용한 것 뿐만 아니라 치즈, 요구르트, 젓갈 같은 동물성 재료를 이용한 발효식품이 존재하는데 세계 여러 나라에 발효산업을 일으키고 다양한 발효식품이 이용되고 있다. 또한 발효를 일으키는 미생물에 대한 연구도 활발하다. 이제는 발효가 생물학, 미생물학, 화학, 식물학, 약학, 신경과학 등이 연계된 과학세계의 영역이 되었다. 발효의 대표적인 현상을 들자면 바로 '알코올발효'다.

알코올 발효의 이해와 이용

알코올 발효는 효모균[60]이 당(sugar)을 무산소 상태에서 분해해서 에틸알코올(ethyl alcohol, C_2H_5OH)과 이산화탄소(CO_2)를 만들어 내는 과정이다. 알코올 발효에 관여하는 미생물은 효모이고 이 효모가 당분을 먹어치워 알코올과 이산화탄소로 변화시킨다. '무산소 상태'라는 의미는 발효 과정에서 산소 공급이 필요 없다는 뜻이다. 따라서 발효 과정에서 외부에서 공기가 주입될 필요가 없고 이산화탄소가 배출되는 과정이다.

당 --- 효모 ---〉 에틸알코올(C_2H_5OH) + 이산화탄소(CO_2)
포도당(100g) -〉 알코올(51.3g) + 이산화탄소(48.7g)

---

60) 효모(酵母, yeast) : 당을 발효시켜 에탄올과 이산화탄소를 생산하는 능력을 가지고 있다. 빵·맥주·포도주 등을 만드는 데 이용되는 미생물로 꽃의 꿀샘이나 과일의 표면 등에 많이 생육하고 있으며 기원전 수천 년경부터 이용되었다. 존재와 작용이 밝혀진 것은 150여 년에 불과하다.

(1) 포도주(와인) 만들기

알코올발효는 효모가 당을 에틸알코올과 이산화탄소로 바꾸는 과정으로 포도, 사과 등 당도가 높은 과일을 재료로 한다. 만드는 원리는 같다. 세계적으로 많이 이용하는 과일이 포도이다. 포도주는 포도에 함유된 당의 일종인 포도당(glucose,葡萄糖)을 효모가 이용하게 된다. 곧

⟨ $C_6H_{12}O_6$ ---⟩ $2C_2H_5OH + 2CO_2$ ⟩로 표시된다.

포도주를 담글 때 흔히 설탕을 첨가하게 된다. 설탕을 첨가하는 것을 '보당'이라고 한다. 당을 보충한다는 뜻이다. 그 이유가 무엇일까. 그것은 과일 중의 모자란 당분을 보충하여 원하는 도수의 술을 만들기 위해서다. 보통 와인은 알코올 도수가 12~14% 정도인데 이 도수가

나오기 위해서는 알코올 도수의 2배에 해당하는 약 24~28브릭스 (Brix)의 당도가 필요하다.

브릭스란 포도에 들어있는 설탕의 정도로써 100mg당 그람으로 측정된다. 즉 20Bx는 100ml의 용액에 20mg의 녹은 당이 함유되어 있다는 뜻이다. 만약 브릭스 수치가 작으면 발효 후 알코올 도수가 낮게 나오고 크면 높게 나온다.

포도에서 설탕의 함유 수준은 포도의 품질에도 중요하지만 최종적으로 와인의 알코올 농도를 결정하기 때문에 아주 중요하다. 따라서 포도를 으깬 용액의 당도가 낮게 나올 경우 원하는 알코올 도수를 얻기 위해서는 당을 보충해주어야 한다. 이를 보당이라고 한다. 즉 설탕을 첨가하여 원하는 알코올 도수를 얻게 된다. 보당량은 아래 식에 따라 계산한다.

$$G = L \times (A-B) \times 11$$

G:보당할 설탕의 양(g), L:원액의 양 또는 과실의 양(L 또는 kg),
A:와인제조에 필요한 당도(24~28 Brix), B:원액의 당도

☞ 실전 : 포도주 담기

준비물 : 포도 20㎏, 효모 5g, 아황산염 2.5ts(2g), 설탕, 저울, 발효통, 당도계, 에어락, pH미터기, 온도계, 비닐장갑, 펙틴엔자임 5g, 소독살균제

1. 포도 줄기 부위를 제거하고 껍질 채 깨끗이 씻는다. 용기에 포도를 담고 고루 으깬다. 씨가 깨지지 않도록 한다.
2. 아황산염 2.5 티스푼(2g,50~100ppm)을 첨가한 후 그대로 10분 이상 놓아둔다. 아황산염은 포도와인 제조에 필요한 균들을 제외한 다른 균

을 살균하는 효과가 있다.

3. 과즙을 발효통에 넣고 당도를 맞추어 보당을 한다.

4. 효모를 첨가한다. 바로 원액에 첨가하거나 따뜻한 물에 녹여 활성화시켜 첨가할 수 있다. 효모 투입 후 펙틴엔자임도 넣어준다. 펙틴엔자임은 과육의 펙틴질(섬유질)을 분해하여 수율을 높여주고 과즙을 맑게 해주는 데에 도움이 된다.

5. 5~7일간 1차 발효시킨 후 거름망으로 압착 여과한 후 2차 발효(숙성)시킨다. 1차 발효기간 중 하루에 1~2회 저어주어 떠오른 포도 찌꺼기를 가라앉혀주고 포도 껍질 속의 색소 성분이 잘 우러나도록 한다.

6. 온도, pH, 산도를 측정하여 포도와인의 알코올 발효 경과를 관찰한다.

(2) 탁주(막걸리) 빚기

누가 최초로 술을 빚었을까. 중국에서 술의 시조가 의적 또는 두강이라고 하는데 대해서 조선후기 실학자 서유구(徐有榘,1764~1845)는 임원십육지(林園十六志)[61]에서 다음과 같이 말하고 있다.

"술의 기원으로 말하면 지금 이를 분명히 밝힐 도리는 없으나 글자가 생기기 이전에 이미 있었을 것으로 짐작된다. 이를 사적에서 더듬어보면 술의 기원에 대해 적힌 부분이 있으나 근거가 박약하여 전설에 지나지 않는다. 따라서 고증할 길조차 없어 어느 것이 정말이고 어느 것이 거짓말인지조차 판단하기 어렵다"[62]

서유구의 말대로 우리나라 술의 기원을 추정하기 어려우나 문헌상 술 이야기가 최초로 등장하는 것은 고려후기 문신 이규보(李奎報,1168~1241)의 〈동국이상국집(東國李相國集)〉의 권3의 '동명왕편(東明王篇)'에서 찾을 수 있다. 하백의 딸 유화는 해모수와 인연으로

---

61) 1835년 경 서유구가 농림의학 등 생활백과에 대하여 체계적으로 서술한 책.
62) 『한국의 술문화1』, 이상희, 선, 55쪽.

잉태하여 아들을 낳았는데 이가 바로 주몽(朱蒙)이다. 유화와 해모수의 결합에 핵심적인 관계의 매개로 등장하는 것이 바로 술이라는 사실이 매우 흥미롭다.

탁주는 쌀을 발효시켜 만드는 한국인의 대표적인 술이다. 단양주(單釀酒)에 속한다.[63) 막걸리의 발효과정은 와인과 차이가 있다. 와인류의 발효는 당분으로부터 시작되지만 탁주는 전분(녹말,탄수화물)으로부터 시작되기 때문에 전분을 당분으로 전환시켜주는 앞 단계가 필요하다. 이 역할을 하는 미생물이 누룩의 곰팡이균이다. 누룩곰팡이가 탄수화물을 당분으로 바꾸어주면 이를 효모균이 받아먹어 당을 알콜로 바꾸어준다. 그래서 복발효라고 부른다.

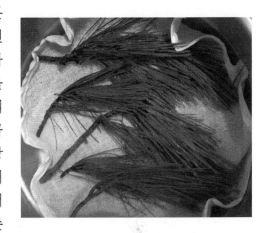

쌀과 물, 그리고 누룩의 비율은 술의 종류에 따라 다르다. 일반적으로 곡물과 물의 비율은 1 : 1~1.5로 한다. 쌀과 물의 비율에 따른 맛은 물의 양이 적을수록 단맛이 강하고 물의 양이 많을수록 쓴맛과 신맛이 강하다. 단양주는 잡균의 침입 우려가 있고 미생물 수가 적어 상대적으로 많은 양의 누룩이 필요하다.

---

63) 단양주는 한 번의 발효로 빚는 술이며, 밑술과 덧술 1회로 빚어지는 술은 이양수, 밑술과 덧술 2회로 빚어지는 술은 삼양주라고 부른다.

☞ 실전 : 탁주 빚기

1) 준비물

찹쌀 또는 멥쌀 1kg, 누룩 150
~300g 정도, 물은 깨끗한 지하
수 또는 생수, 끓여 식힌 물로 쌀
의 1.0~1.5배, 이스트(효모) 2~
3g, 발효통 또는 항아리, 온도계,
에어락, 광목보자기 등

2) 만드는 법

- 사용할 용기와 기구들을 깨끗하게 세척·소독한다
- 쌀을 잘 씻어 3시간 이상 물에 불린다
- 누룩을 물을 끓여 식힌 다음 풀어 넣는다
- 물에 불린 쌀을 채반에 담아 물을 뺀다
- 물을 뺀 쌀을 찜기에 올려 고두밥을 찐다
- 뜨거운 고두밥을 펴 상온까지 식혀준다
- 발효통에 고두밥, 누룩, 효모, 물을 섞어 잘 비벼 담는다
- 발효통 내부온도를 23~25℃로 유지하며 5~7일간 알콜발효 시킨다.
발효 과정에서 발생하는 이산화탄소가 빠져 나가도록 한다
- 술이 익으면 가운데에 용수를 넣어 고인 원주를 채주하여 냉장보관 한
다. 채주하고 남은 술덧도 광목 보자기로 짜서 냉장보관하여 음용한다

(3) 이양주(二釀酒) 빚기

발효과정을 2번 이상 거친 이양주, 삼양주 등을 중양주라고 한다. 중
양주는 밑술에 덧술을 더해 만든다. 횟수에 따라 이양주, 삼양주, 사

양주, 오양주로 부른다. 이양주를
알아본다.

1) 밑술 : 먼저 2~3일 효모균을
증식·배양시켜 알코올 도수가 높고
맛과 향이 좋은 술을 빚으려는 목
적으로 만든다. 주모라고도 부른다.
주로 죽, 백설기, 범벅, 떡, 고두밥
을 이용한다.[64]

2) 덧술 : 대개 밑술의 형태를 반복
하여 빚고 마지막에 고두밥을 넣는
다.

이양주는 밑술 + 덧술 1회로 빚
어진다. 단양주와 달리 밑술을 이용
하므로 누룩이 적게 사용되며 상대
적으로 누룩향이 적고 색이 맑고
향이 좋으며 알코올 도수가 높게
나온다.

예) 단위 kg,L
밑술 : 멥쌀 2kg   물 6L   누룩 0.8kg
덧술 : 찹쌀 8kg   물 4L
합계 : 쌀 10kg   물 10L   누룩 0.8kg
* 물은 쌀의 1~1.5배

---

64) 밑술을 빚을 때 쌀을 이용하는 법으로는 죽, 백설기, 구멍떡(이화주), 물송편(하
향주), 범벅(두견주), 진밥, 고두밥 등이 있다. 이양주는 밑술을 죽으로 하고 덧
술은 고두밥으로 하는 경우가 많으며 아주 오래된 방법으로 고전적인 술빚기
방법이라고 할 수 있다.

☞ 실전 : 쌀 10kg로 이양주 빚기

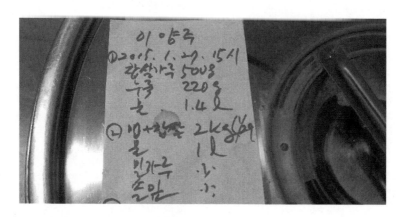

1) 밑술 빚기

가) 재료: 멥쌀 2kg(가루), 누룩 0.8~1kg, 물 6ℓ

나) 빚기: 멥쌀가루 2kg을 끓는 물 6ℓ로 죽처럼 범벅하여 충분히 식힌다. 식힌 후 누룩을 넣고 치댄다. 발효조에 넣고 발효시킨다. (23~25℃).

2) 덧술 빚기

가) 재료: 찹쌀 8kg, 물 4ℓ

나) 빚기: 가) 찹쌀 8kg으로 고두밥을 쪄 식힌다.

다) 고두밥에 끓여서 식힌 물 4ℓ와 밑술과 섞어 치댄다.

라) 발효용기에 담아 2~3주 발효 시킨다.

(4) 쌀식초 만들기

1. 앞에서 만든 탁주에 적당량의 깨끗한 물을 첨가해 도수를 6~10%로 조정해준다.

2. 식초 종균이나 천연식초를 첨가한다.

3. 산소공급이 되는 발효통에 넣고 입구를 한지나 광목으로 막고 온도를 30℃내외로 유지해준다. 잡균의 오염을 주의한다. 초산균은 알콜도수 5~10%에서 활발하다.

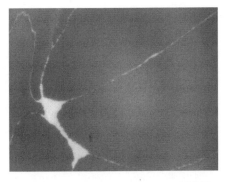

식초막

4. 초산발효 시킨 후 용기에 담아 숙성시킨다.

(5) 전통메주 만들기

1. 대두 1말(16kg)과 물 준비. 콩을 선별한 후 깨끗이 씻는다.

2. 여름 8시간 겨울 20시간 정도 물에 불린 후 물기를 말려준다.

3. 2시간 정도 충분히 삶은 후 찐다.

4. 메주틀로 네모나 둥글게 만들어 짚을 깔고 7일간 말려준다.

5. 발효실로 옮겨 28~30℃에서 10~15일 띄운다.

된장 / 간장 만들기

1. 앞에서 만든 메주를 깨끗이 씻은 다음 쪼개어 햇볕에 말린 다음 항아리에서 소금물을 부어 숙성시킨다. 소금물은 농도가 18~20°Be되게 농도를 맞추고 대두 1말에 염수 2~3말이 되게 항아

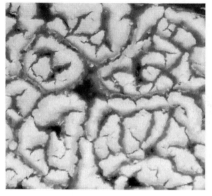

리에 넣어 2~3개월 발효시킨다.

2. 액상과 고형을 분리하여 2차 발효시키면 액상은 간장, 고형분은 된장이 된다.

☞ 재래식 된장에는 간장을 빼고 남은 부산물로 만든 막된장, 메주를 이용한 토장,

메주를 이용하되 수분이 다소 많고 햇볕 또는 따뜻한 곳에서 숙성시킨 막장, 청국장에 무채나 생강 등을 넣고 숙성시킨 담북장, 막장과 비슷하게 고추, 배춧잎을 넣고 숙성시킨 즙장 등이 있다.

(6) 청국장 / 애청국 만들기

메주콩을 쑤어 식기 전에 그릇에 담고 아랫목에 놓아 담요나 이불을 씌워 2~3일간 따뜻하게 보온하면 납두균(納豆菌)이 번식하여 끈적끈적해지고 고유의 향기를 가진 발효식품 청국장이 된다. 청국장에는 끈적거리는 실이 생성되는데 이것은 아미노산인 글루탐산과 과당의 중합물인 프락탄이 엉겨서 만들어진다. 청국장은 납두균의 작용으로

콩의 소화력이 높아지고 콜레스테롤을 분해하는 작용도 한다. 비타민 B2, 레시틴(lecithin)도 풍부하다. 레시틴은 체내에 흡수된 후 분해되어 뇌세포간의 신경전달 물질인 아세틸콜린(acetylcholine)의 원료가 된다.

애청국을 만드는 과정은 청국장과 유사하다. 일본에는 청국장과 대비되는 콩 발효식품으로 나또가 있다. 우리나라 청국장 만드는 과정과 별로 차이가 없다. 애청국은 약 40℃에서 24~30시간 발효시켜 만든다.[65]

만드는 과정

1. 메주콩을 물에 여름철은 6시간, 겨울에는 15~24시간 정도 담가 불린다.
2. 불린 콩을 솥에 푹 삶는다.
3. 삶아지면 물기를 빼고 식힌다.

온도조절기와 상자로 만든 간이제조기구

---

65) 국내기업에서 만들어진 나또가 시장에 나오는데 나또만들기는 청국장 만들기와 크게 다르지 않으며 청국장 발효의 전 단계에 해당한다. 청국장과 같은 방법으로 콩을 삶아 식힌 뒤 나또균을 접종하여 발효시킨 후 냉장고에 하루 정도 숙성시키면 된다. 나는 이를 '애청국'이라고 부른다.

4. 40℃ 정도의 온도를 유지할 수 있는 곳에서 2~3일 발효시킨다. 최근에는 청국장 제조기를 이용하기도 한다 (16~24시간).
5. 콩에서 끈적끈적한 실이 늘어지고 청국장 고유의 냄새가 나면 고춧가루 약간과 소금을 섞어 만들어 냉장 보관하여 활용한다.

☞ 최근에는 콩을 삶을 때 압력밥솥을 많이 사용한다. 30~40분 삶은 후 증기를 바로 빼지 않고 40~60분 기다리면 잘 삶아진다.

(6) 함경도 가자미식해 만들기[66]

가자미식해는 함경도 음식으로 알려져 있다. 불포화 지방산이 풍부하고 항산화 작용이 있어 동맥경화, 간기능 보호, 고지혈 등에 좋고 비타민 B1도 많고, 뼈째 먹기 때문에 칼슘 흡수에 도움이 되며, 라이신이나 트레오닌 같은 필수아미노산도 풍부하고 좋은 단백질이 생선의 평균량인 20%보다 많다고 한다. 들어가는 주재료는 가자미, 메조, 마늘, 고춧가루, 무 등이다.

1) 가자미 20kg
 손바닥만 한 중간크기로 배가 하얗고 탄력 있는 것이 좋다. 물가자미는 동해안의 자릿고기라 하여 사시사철 많이 잡히기 때문에 싱싱한 원물을 쉽게 구할 수 있다. 살이 얇아 간이 잘 배고, 쫄깃하며 뼈가 세지 않아 통째로 먹기 좋다. 동의보감에는 가자미가 성질이 순하고 맛이 달며 독이 없고 허약함을 보충하고 기

---

66) 이 책에 설명된 가자미식해는 '속초웰빙명품젓갈, 바다海속삭임 블로그'의 '함경도식 가자미식해 만드는 법'을 참고하여 작성하였다(http://blog.naver.com/sokchomall).

력을 좋게 한다고 설명하고 있다. 식해로 쓰는 가자미는 물가자미를 쓰는데 참가자미는 뼈째회 용으로 주로 이용한다. 참가자미는 살이 깊고 뼈가 강해서 숙성이 잘 안되며, 횟감으로 좋다.

2) 메좁쌀 1kg

조밥을 지을 때 고두밥을 하여 서로 잘 떨어지게 해야 가자미와 잘 어울린다. 차좁쌀은 질어서 좋지 않다.

- 조밥이 들어가는 것이 젓갈과 식해의 차이이다. 소금을 침장원으로 하는 젓갈류와는 달리 자연발효로 생긴 유산균에 의해 부패를 방지하는 것으로 곡류를 혼합해 숙성발효 시킨다.

- 동해안에는 사계절 가자미가 풍부하기 때문에 오래 보존해 둘 필요가 없었고, 소금이 귀하기 때문에 소금이 풍부한 서해안에서는 젓갈이 발달하고, 소금이 부족한 동해안에서는 식해가 발달하였다. 가자미식해는 젓갈과 달리 매콤하지만 짜지 않다.

- 조의 효능

나트륨은 줄이고, 칼륨은 높여 짜지 않게 하고, 식이섬유가 풍부하여 대장암, 변비예방에 좋다. 곡물의 효모가 단백질의 발효를 촉진시켜 가자미 숙성의 필수 요소로 작용한다.

3) 무 1kg : 기호에 맞게 가감하면 된다. 소화흡수를 돕고, 해독 기능이 있어 생선과 함께 먹으면 좋다.

4) 가자미양념

고춧가루 1kg, 다진 마늘 600g, 생강즙 300g (액젓 또는 물엿)

5) 무양념

천일염 200g, 고춧가루 300g, 다진 마늘 2큰술, 생강즙 1큰술

만드는 법

1) 내장과 머리, 꼬리, 비늘을 제거하고 깨끗이 손질한다. 저음부

터 물에 씻으면 살이 물러진다. 간이 잘 배도록 군데군데 칼집을 내준다.

2) 다듬은 가자미를 2일 정도 소금에 염장한다.

3) 깨끗이 세척하여 채반에 널어 꾸덕꾸덕하게 말린다.

4) 조밥과 가자미양념을 넣고 버무린다.

5) 항아리에 눌러 담아 10℃ 정도에서 10~15일 1차 숙성시킨다.

6) 1차 숙성된 가자미에 무를 굵게 채 썰어 소금에 반나절 절여 물기를 짠 후 양념을 하여 가자미와 다시 버무려 10℃에서 하루 정도 2차 숙성시킨다. 엿기름을 넣어 상온에서 일주일가량 빠르게 1차 숙성만 할 수도 있으나, 저온에서 천천히 숙성해야 비리지 않고 깊은 맛이 나온다. 무는 빨리 숙성되기 때문에 2차 숙성 때 넣는다.

철 따라 마주하는 텃밭 (개정판)

발 행 | 2022년 1월 10일
지은이 | 통소농부 정혁기
펴낸이 | 한건희
펴낸곳 | 주식회사 부크크
출판사등록 | 2014.07.15.(제2014-16호)
주 소 | 서울특별시 금천구 가산디지털1로 119 SK트윈타워A동 305호
전 화 | 1670-8316
이메일 | info@bookk.co.kr

ISBN | 979-11-372-6853-1